笑林广记

[清] 游戏主人·编 蒋筱波·译

陕西新华出版 三秦出版社

图书在版编目（CIP）数据

笑林广记／（清）游戏主人编；蒋筱波译． -- 西安：三秦出版社，2008.01（2024.1重印）
（国学百部经典丛书）
ISBN 978-7-80546-541-8

Ⅰ．①笑… Ⅱ．①游… ②蒋… Ⅲ．①笑话－中国－古代－选集 Ⅳ．① I276.8

中国版本图书馆CIP数据核字（2007）第188767号

书　　名	笑林广记
作　　者	［清］游戏主人 编　蒋筱波 译
责　　编	周世闻
封面设计	新华智品

出版发行	三秦出版社
社　　址	西安市雁塔区曲江新区登高路1388号
电　　话	（029）81205236
邮政编码	710061
印　　刷	北京一鑫印务有限责任公司
开　　本	680×1020　1/16
印　　张	9
字　　数	110千字
版　　次	2008年4月第2版
印　　次	2024年1月第2次印刷
标准书号	ISBN 978-7-80546-541-8

定　　价	39.80元
网　　址	http://www.sqcbs.cn

前　言

　　《笑林广记》是一部流传久远、影响深广的通俗笑话总集，内含一千多个笑话，是我国笑话宝库中的一个旷世奇宝。在宋代就已问世，明、清两代广为流传，深受劳动人民喜爱。

　　《笑林广记》由游戏主人整编。其内容不是一人一世的创作，而是广大劳动者共同创作的产物，是劳动者智慧的结晶。从各个方面和角度真实地反映了社会和人们的生活，并在此基础上进行了艺术加工。在历代刻本中，以清代乾隆四十六年（1781）署名游戏主人纂辑的刻本为最佳。

　　《笑林广记》分有：古艳、腐流、术业、形体、殊禀、闺风、世讳、僧道、贪吝、贫窭、讥刺、谬误十二卷，题材广泛，形式多样。它是人民群众用以抨击坏人、揭露黑暗、规劝和教育人们的一种艺术表现形式。它反映的生活内容都是人们所熟悉的，通过一个个笑话故事，生动再现了封建社会的民间风俗、人生情趣、世态炎凉、官场腐败等方面的现象。幽默是笑林的精髓，它加深了笑话的浓度，提高了笑话的价值，通俗是笑林的主旨，它通俗得真实、通俗得艺术，使《笑林广记》得以流传至今。

　　《笑林广记》无论其内容，还是表现形式，作为民族文化遗产的一部分，都对人们产生过重要的影响，应该给予整理与弘扬。"笑一笑，十年少"，愿《笑林广记》使君笑口常开。

编　者
2008 年 1 月

笑林广记

目　录

比　　职	/1	求　　签	/15
贪　　官	/2	请先生	/15
取　　金	/2	兄弟延师	/16
糊　　涂	/3	读破句	/16
偷　　牛	/3	赤壁赋	/17
属　　牛	/3	于戏左读	/18
同　　僚	/4	教　　法	/18
垛子助阵	/4	梦周公	/19
送父上学	/5	挞　　徒	/19
考　　监	/5	想船家	/20
坐　　监	/6	咏钟诗	/20
书　　低	/6	歪　　诗	/21
自不识	/7	老童生	/22
监生拜父	/7	医　　官	/22
斋戒库	/8	锯箭竿	/23
附　　例	/9	怨算命	/23
上　　任	/9	送　　药	/23
争　　脏	/10	取　　名	/24
厮　　打	/10	包　　活	/25
钻　　刺	/11	退　　热	/25
不养子	/11	僵　　蚕	/26
脱　　科	/11	看　　脉	/26
僧士诘辩	/12	医　　赔	/26
头　　场	/12	法　　家	/27
穷秀才	/13	相　　相	/28
凑不起	/13	胡须像	/28
四等亲家	/14	讳输棋	/29
腹内全无	/14	银　　匠	/29

利心重	/30	聋耳	/48
有进益	/30	呵欠	/48
裁缝	/31	火症	/49
不下剪	/31	葡萄架倒	/49
要尺	/32	槌碎夜壶	/50
待诏	/32	手硬	/50
篦头	/33	呆郎	/51
头嫩	/33	痴婿	/51
偷肉	/34	呆子	/52
三名斩	/34	携冰水	/52
酒娘	/35	不道是你	/53
着醋	/35	丈母不该	/53
酸酒	/36	事发觉	/54
胡瘌杀	/36	烧令尊	/54
抛锚	/37	子守店	/55
一般胡	/37	活脱话	/55
稀胡子	/38	母猪肉	/56
胡答嘲	/38	望孙出气	/56
亲爷	/39	买酱醋	/57
拔须去黑	/39	劈柴	/57
黄须	/40	悟到	/58
老面皮	/40	藏锄	/58
长卵叹气	/41	较岁	/59
扇坠	/41	认鞋	/59
搁浅	/42	杀妻	/60
瞽笑	/42	盗牛	/60
被打	/43	籴米	/61
吃螺蛳	/43	呆算	/61
兄弟认匾	/44	代打	/62
金漆盒	/44	七月儿	/62
问路	/45	试看	/63
乌云接日	/45	靠父膳	/63
鼻影作枣	/45	觅凳脚	/63
虾酱	/46	访麦价	/64
拾蚂蚁	/46	卧睡	/64
捡银包	/47	懒活	/65
漂白眼	/47	白鼻猫	/65

露水桌	/66	哭响屁	/84
衣 软	/66	闻香袋	/84
椅桌受用	/67	桩 粪	/85
看 戏	/67	上下光	/85
演 戏	/68	卖 字	/85
缓 踱	/68	没骨头	/86
出笞头	/69	倒 挂	/87
藏 年	/69	僧 浴	/87
鹰 啄	/70	问 秃	/88
抢 婚	/70	当真取笑	/88
两 坦	/71	道士狗养	/89
谢周公	/71	跳 墙	/89
舌头甜	/72	驱 蚊	/89
大 话	/72	谢 符	/90
日 进	/73	开 当	/90
开路神	/73	请 神	/91
焦面鬼	/73	好放债	/91
咽 糠	/74	大东道	/92
望烟囱	/74	命 穷	/92
老白相	/75	兄弟种田	/93
借脑子	/76	合伙做酒	/93
曲 蟮	/76	翻 脸	/94
件件熟	/77	画 像	/94
活千年	/77	许日子	/95
撞 席	/78	携 灯	/95
泥高壁	/78	不留客	/96
争 座	/78	不留饭	/96
婢 子	/79	吃 人	/97
屁股痛	/79	悭 吝	/97
梦里梦	/80	卖粉孩	/98
年倒缩	/80	独管裤	/98
追度牒	/81	莫想出头	/99
掠缘簿	/81	一毛不拔	/99
鬼王撒尿	/82	粪 鸡	/100
发往丰都	/82	恶 神	/100
忏 悔	/83	一味足矣	/101
追 荐	/83	卖肉忌赊	/101

白伺候	/102	摆海干	/117
梦戏酌	/103	搬是非	/118
梦美酒	/103	丈人	/119
截酒杯	/103	大爷	/119
切薄肉	/104	苏杭同席	/120
满盘多是	/104	狗衔锭	/120
不见肉	/105	不停当	/120
和头多	/105	十只脚	/121
啖馄饨	/106	有钱夸口	/122
好古董	/106	古今三绝	/122
不奉富	/107	白蚁蛀	/123
穷十万	/107	吃烟	/123
失火	/108	烦恼	/124
唤茶	/108	猫逐鼠	/124
留茶	/109	祝寿	/125
怕狗	/109	心狠	/125
鞋袜评讼	/110	嘲恶毒	/126
被屑挂须	/110	笑话一担	/126
烧黄熟	/110	取笑	/127
拉银会	/111	吃橄榄	/127
兑会钱	/111	避首席	/128
剩石沙	/112	见皇帝	/128
饭粘扇	/112	僭称呼	/129
借服	/113	看镜	/130
酒瓮盛米	/113	谢赏	/131
遇偷	/114	不识货	/131
羞见贼	/114	外太公	/132
借债	/115	床榻	/132
变爷	/115	出丑	/133
梦还债	/116	整嫂裙	/133
坐椅子	/116	戏嫂臂	/134
扛欠户	/117	利市话	/134
拘债精	/117	官	/135

比　　职

【原文】

甲乙俩同年初中。甲选馆职，乙授县令。甲一日乃对乙语曰："吾位列清华，身依宸禁，与年兄做有司者，资格悬殊。他事不论，即拜客用大字帖儿，身份体面，何啻天渊。"乙曰："你帖上能用几字，岂如我告示中的字，不更大许多？晓谕通衢，百姓无不凛遵恪守，年兄却无用处。"甲曰："然则金瓜黄盖，显赫炫耀，兄可有否？"乙曰："弟牌棍清道，列满街衢，何止多兄数倍？"甲曰："太史图章，名标上苑，年兄能无羡慕乎？"乙曰："弟有朝廷印信，生杀之权，悟吾操纵，视年兄身居冷曹，图章私刻，谁来惧你？"甲不觉词遁，乃曰："总之翰林身价值千金。"乙笑曰："吾坐堂时百姓口称青天爷爷，岂仅千金而已耶！"

【译文】

甲乙两人同一年考中举人，甲被选到翰林院任职，乙被任命为县令。有一天，甲傲慢地对乙说："我官位阶高显贵，身居朝廷，与老兄做地方官相比，身价上差得很悬殊。别的事且不论，仅拜客用的名帖就显出我的身份极为体面，和你简直有天壤之别。"乙说："你的名帖能用几个字，怎能赶得上我告示中的字，难道不比你的字作用大了许多？让各地皆知，百姓无不凛遵恪守，但老兄的名帖却毫无用处。"甲说："那么出行时我有黄伞和卫士护卫，十分显赫炫耀，老兄你可有吗？"乙说："小弟我出门时，持牌棍的人清道，队伍挤满大街小巷，何止多老兄数倍。"甲说："我有太史官的印章，标有上苑字样，难道你不羡慕吗？"乙说："小弟我有朝廷授给的官印，生杀大权，归我操纵，看你身居冷官闲职，有了图章也是没有用处，谁怕你呢？"甲不由得词穷，于是说："总之翰林的身价值千金。"乙讥笑道："我坐堂理事时，老百姓都喊我青天大老爷，难道不远远超过千金吗？"

贪　官

【原文】

有农夫种茄不活,求计于老圃。圃曰:"此不难,每茄树下埋钱一文即活。"问其故,答曰:"有钱者生,无钱者死。"

【译文】

有个农夫栽种茄苗不活,向老菜农讨求栽种茄苗的方法,菜农说:"这不难,只要每棵茄苗下埋上一文钱就能够活。"农夫问这是为何,菜农回答说:"有钱者生,无钱者死。"

取　金

【原文】

一官出朱票,取赤金二锭,铺户送讫,当堂领价。官问:"价值几何?"铺家曰:"平价该若干,今系老爷取用,只领半价可也。"官顾左右曰:"这等,发一锭还他。"发金后,铺户仍候领价。官曰:"价已发过了。"铺家曰:"并未曾发。"官怒曰:"刁奴才,你说只领半价,故发一锭还你,抵了一半价钱,本县不曾亏你,如何胡缠?快撵出去!"

【译文】

有个官员要买两锭赤金,金店的人送到后,当堂等着拿钱。官员问他多少价钱,金店的人说:"通常的价钱应是若干,现在是你用,只收取一半的价钱就行了。"官员瞅瞅周围的人说:"这样的话,退还给他一锭金子。"退还一锭金子后,金店的人仍然等候着领钱。官员说:"钱已经给过了。"金店的人说:"并没有给呀!"官员十分恼怒,说:"刁奴才,你说只收半价,因此退还一锭金子给你,抵偿了那一半价钱,我没有亏你,为什么还胡搅蛮缠?给撵出去!"

糊　　涂

【原文】

一青盲人涉讼，自诉眼瞎。官曰："你明明一双清白眼，如何诈瞎？"答曰："老爷看小人是清白的，小人看老爷却是糊涂得紧。"

【译文】

有个患青盲眼的人被牵连到官司里，该人争辩说自己眼瞎。官员说："你的一双眼青白分明，为什么假装瞎子？"那个人回答说："你看我是清白的，我看你却是糊涂得很哩！"

偷　　牛

【原文】

有失牛而诉于官者，官问曰："几时偷去的？"答曰："老爷，明日没有的。"吏在旁不觉失笑。官怒曰："想就是你偷了。"吏洒两袖曰："任凭老爷搜。"

【译文】

有个人丢了牛，上诉到官府。官员问他说："什么时候丢的？"那个人回答说："老爷，是明天没有的。"旁边的一个差役听后忍不住笑出声来。官员大怒说："想必就是你偷的了。"差役甩动两只袖子说："任凭老爷你搜查。"

属　　牛

【原文】

一官遇生辰，吏典闻其属鼠，乃镕黄金铸一鼠为寿，官甚喜曰："汝等可知奶奶生辰亦在目下乎？"众吏曰："不知，请问其属？"官曰："小我一岁，丑年生的。"

【译文】

有个官员过生日，典吏官们听说他属鼠，便凑集黄金铸成一只金老鼠，献给官员为之祝寿。官员十分欢喜，说："你们是否知道我太太的生日也在近日？"众官吏回答说："不知道，请问她属什么？"官员说："她比我小一岁，属牛。"

同　　僚

【原文】

有妻妾各居者，一日妾欲谒妻，谋之于夫，当如何写帖。夫曰："该用'寅弟'二字。"妾问其义如何，夫曰："同僚写帖，皆用此称呼，做官府之例耳。"妾曰："我辈并无官职，如何亦写此帖？"夫曰："官职虽无，同僚总是一样。"

【译文】

有个人妻妾分居。某日妾打算拜见妻，与丈夫商量应怎样写帖子，丈夫说："该用'寅弟'二字。"妾问为什么要这样写，丈夫说："在一起做官的人写帖子，都用这样的称呼，这是官场的惯例。"妾说："我们并没有官职，为什么也写这样的帖子？"丈夫说："你们是同僚的身份总该是没错的。"

垛子助阵

【原文】

一武官出征将败，忽有神兵助阵，反大胜。官叩头请神姓名，神曰："我是垛子。"官曰："小将何德，敢劳垛子尊神见救。"答曰:"感汝平昔在教场从不曾伤我一箭。"

【译文】

一个武官出征作战,眼看就要失败,忽然遇有神兵助阵,反而大获全胜。武官磕头请问神的姓名,神说:"我是箭靶神。"武官说:"小将我有什么功德,竟敢劳驾箭靶尊神前来救助?"靶神回答说:"我是感谢你过去在练武场上,从来没有伤过我一箭。"

送 父 上 学

【原文】

一人问公子与封君孰乐,答曰:"做封君虽乐,齿已衰矣,惟公子年少最乐。"其人急趋而去,追问其故,答曰:"买了书,好送家父去上学。"

【译文】

有个人问:"做公子与做受封的贵族哪一个高兴?"另一个人回答说:"做受封的贵族虽然高兴,但年高衰老了,只有做公子年岁小才是最高兴的。"问话的人急忙跑走,那人追问他跑的原因,回答说:"买了书,好送我的父亲去上学。"

考 监

【原文】

一监生过国学门,闻祭酒方盛怒两生而治之,问门上人者,然则打欤?罚欤?镦锁欤?答曰:"出题考文。"生即咈然,曰:"咦,罪不至此。"

【译文】

有个监生经过京都官办的学校,听到祭酒(官员)正发怒要惩处两个书生,便向学堂的人询问:"是要打是要罚,还是要囚禁起来?"学堂的人说:"出个题目让其作文。"监生立刻嚷道:"咦,惩处不应达到如此地步!"

坐　　监

【原文】

一监生妻屡劝其夫读书,因假寓中寺中,素无书箱,乃唤脚夫以箩担挑书先往,脚夫中途疲甚,身坐担上,适生至,闻旁人语所坐《通鉴》,因怒责脚夫,夫谢罪曰:"小人因为不识字,一时坐了鉴(监),弗怪弗怪。"

【译文】

有个监生的妻子多次劝其丈夫读书,由于借住在寺庙里,平素没有书箱,于是唤脚夫用箩担挑书先去。脚夫走到途中很劳累,便坐在担子上,正好监生赶到,听邻近的人说脚夫坐在《通鉴》上,于是大怒责备脚夫,脚夫道歉说:"我因为不识字,一时坐了鉴(监),不要怪不要怪。"

书　　低

【原文】

一生赁僧房读书,每日游玩,午后归房。呼童取书来,童持《文选》,视之曰低;持《汉书》,视之曰低;又持《史记》,视之曰低。僧大诧曰:"此三书熟其一,足称饱学,俱云低何也?"生曰:"我要睡,取书作枕头耳。"

【译文】

有个书生租借和尚的房子读书,天天游玩,直到每天午时(下午一时到三时)以后才回来,有一天回来时招呼仆人拿书来,仆人拿来《文选》,书生看后说低,又拿来《汉书》,书生看后说低,仆人又拿来《史记》,书生仍然说低。

和尚听后十分惊诧，说："这三种书精通一种，足可以称其为学问高深，你全都说低为什么？"书生回答："我要睡觉，拿书只是做枕头罢了。"

自 不 识

【原文】

有监生穿大衣，戴圆帽，于着衣镜中自照，得意甚，指谓妻曰："你看镜中是何人？"妻曰："臭乌龟，亏你做了监生，连自（字同）都不识。"

【译文】

有个监生穿大衣，戴圆帽，在着衣镜中照看自己，极为得意，指其镜子对妻子说："你看镜中是何人？"妻子说："臭乌龟，亏你做了监生，连自（字）已都不认识。"

监 生 拜 父

【原文】

一人援例入监，吩咐家人备帖拜老相公。仆曰："父子如何用帖，恐被人谈论。"生曰："不然，今日进身之始，他客俱拜，焉有亲父不拜之理。"仆问："用何称呼？"生沉吟曰："写个'眷侍教生'罢。"父见，怒责之，生曰："称呼斟酌切当，你自不解。父子一本至亲，故下一眷字；侍者，父坐子立也；教者，从幼延师教训；生者，父母生我也。"父怒转盛，责其不通。生谓仆曰："想是嫌我太妄了，你去另换个晚生帖儿来罢。"

【译文】

有个人当了监生后，吩咐仆人准备帖子拜老父亲。仆人说："父子怎能用帖呢，恐被别人谈论。"监生说："你说的不对，我刚刚当官，其他客都拜，哪有亲父不拜之理？"仆人问："用什么称呼呢？"监生沉思道："写个'眷侍教生'吧。"监生的父亲看到帖子，十分恼怒。监生对父亲说："称呼斟酌贴切适当，你自己没领会。父子本是至亲，故下一'眷'字；'侍'字，是父坐子立之意；'教'字，是从小请师教训之意；'生'字是父母生我之意。"父亲听了监生的辩白，更加羞成怒，指责其不通。监生对仆人说："想必是父亲嫌我太傲慢了，你去换个晚生帖儿来罢！"

斋 戒 库

【原文】

一监生姓齐，家资甚富，但不识字。一日府尊出票，取鸡二只，兔一只。皂亦不识字，央齐监生看。生曰："讨鸡二只，兔一只。"皂只买一鸡回话。太守怒曰："票上取鸡二只，兔一只，为何只缴一鸡？"皂以监生事禀。太守遂拘监生来问，时太守适有公干，暂将监生收入斋戒库内候究。生入库，见碑上斋戒二字，认做他父亲齐成姓名，张目惊诧呜咽不止。人问何故，答曰："先人灵座，何人设建在此，睹物伤情，焉得不哭。"

【译文】

有个监生姓齐，家资甚富，但不识字。一天知府大人开列单子，要鸡二只，兔一只。差役不识字，便恳求姓齐的监生看。监生念道："讨鸡二只，兔一只。"差役只买一只鸡回来，太守生气说："叫你买二只鸡，一只兔，为什么只买一鸡？"差役以监生念的话禀报。太守于是拘拿监生到堂责问。正巧太守遇有公事要做，便临时将监生收入斋戒库内等候查究。监生进入库内，见碑上"斋戒"二字。误认成他父亲"齐成"姓名，惊诧得瞪大眼睛呜咽不停，别人问他为什么哭，监生回答说："先人灵座，不知谁将其建立在此，睹物伤情，怎能不哭。"

附　例

【原文】

　　一秀才畏考援例。堂试之日，至晚不能成篇，乃大书卷面曰："惟其如此，所以如此。若要如此，何苦如此。"官见而笑曰："写得此四句出，毕竟还是个附例。"

【译文】

　　有个秀才畏惧规定的考试。堂试那天，到了最后也做不出文章，于是在试卷上写道："惟其如此，所以如此。若要如此，何苦如此。"考官看后笑道："能写得出这四句，毕竟还算不上白痴。"

上　任

【原文】

　　岁贡选教职，初上任，其妻进衙，不觉放声大哭。夫惊问之，妻曰："我巴得你到今日，只道出了学门，谁知反进了学门。"

【译文】

　　有个贡生被选为衙内教书先生，刚上任，他的妻子便闯进衙内，放声大哭起来。丈夫十分吃惊，问妻子为何大哭，妻子回答说："我好不容易盼你到今天，总算出了学门，谁知又进了学门。"

争　脏

【原文】

祭丁过,两广文争一猪大脏,各执其脏之一头,一广文稍强,尽掣得其脏,争者止两手勒得脏中油一捧而已,因曰:"予虽不得大葬(脏),君无尤(油)焉。"

【译文】

祭祀孔子刚完,两个教官抢猪的脏器,各自拽住脏器的一端。其中一个教官体力稍强,拽得全部脏器,另一个教官两手只是捋得脏中油一捧,于是说:"我既然没有大葬(脏),你就没有怨恨了吧!"

厮　打

【原文】

教官子与县丞子厮打,教官子屡负,归而哭告其母。母曰:"彼家终日吃肉,故恁般强健会打,你家终日吃腐,力气衰微,如何敌得他过。"教官曰:"这般我儿不要忙,等祭过了丁,再与他报复便了。"

【译文】

教官的儿子与县丞的儿子厮打,教官的儿子多次打输。教官的儿子回家后向母亲哭诉,母亲说:"他家整天吃肉,所以他那样的强健能打,咱们家整天吃不好的东西,因此力气衰微,怎么能敌得过他。"教官说:"这样,我儿不要着急,等祭祀孔子过了(可以得到供品),再报复他就是了。"

钻　　刺

【原文】

鼠与黄蜂拜为兄弟,邀一秀才做盟证,秀才不得已往,列为第三人。一友问曰:"兄何居乎鼠辈之下?"答曰:"他两个一会钻,一会刺,我只得让他些罢了。"

【译文】

鼠和黄蜂结拜为兄弟,邀请一个秀才做证盟人,秀才不得已去了,并被排在第三位。朋友问他:"你为何甘心居于鼠辈之下。"秀才回答说:"他两个一个会钻,一个会刺,我只得让着他们些了。"

不　养　子

【原文】

一士夫子孙繁衍,而同僚有无子者,乃骄语之曰:"尔没力量,儿子也养不出一个。像我子孙多,何等热闹。"同僚答曰:"其子尔力也,其孙非尔力也。"

【译文】

甲子孙很多,而同行中的乙没有孩子,于是甲傲慢地对乙说:"你没力量,儿子也养不出一个。像我这么多子多孙,有多么热闹。"乙说:"你的儿子是你的力量,而你的孙子却不是你的力量。"

脱　科

【原文】

某年乡试,一县脱科诸生请堪舆来看风水,以泥塑圣像,卵小不相称故耳,遂唤妆佛匠改造。圣人大喝曰："这班不通文理的畜生，你们自不读书，干我卵甚事。"

【译文】

　　有一年乡试，某县未中的考生请风水先生看风水，风水先生说："这是泥塑的孔子像卵小不相称的缘故。"于是让佛匠改造，孔圣人大声喝道："这些不通文理的畜牲，你们自己不好好读书，与我的卵有什么相干。"

僧士诘辩

【原文】

　　秀才诘问和尚曰："你们经典内'南无'二字，只应念本音，为何念作'那摩'？"僧亦回问云："相公四书上'于戏'二字，为何亦读作'呜呼'？如今相公若读'于戏'，小僧就念'南无'；相公若是'呜呼'，小僧自然'那摩'。"

【译文】

　　秀才责问和尚说："你们经典内'南无'二字，只应该念作本音，为什么念作'那摩'？"和尚也反问说："四书上'于戏'二字，为何也读作'呜呼'？现今你如果读成'于戏'，我就念'南无'；你如果念成'呜呼'，我自然念成'那摩'。"

头 场

【原文】

　　玉帝生日，群仙毕贺。东方朔后至，见寿星徬徨门外，问之，曰："有告示贴出，不放我进。"又问："何故贴出？"答曰："怪我头长（同'场'）。"

【译文】

　　玉皇大帝生日,众仙全部去祝寿。东方朔后到,看见寿星老人在门外徘徊,就问何不进去,寿星说:"有告示贴出,不放我进去。"东方朔又问:"为什么贴告示?"寿星说:"怪我头长(场)。"

穷　秀　才

【原文】

　　有初死见冥王者,王谓其生前受用太过,判来生去做一秀才,与以五子。鬼吏禀曰:"此人罪重,不应如此善遣。"王笑曰:"正惟罪重,我要处他一个穷秀才,把他许多儿子活活累杀他罢了。"

【译文】

　　有个刚死见冥王的人,冥王说他生前受用太过,判来生去做一秀才并生养五个儿子。鬼吏禀报说:"此人罪重,不该对其如此行善道。"冥王笑着说:"正因为其罪重,我要判他来生做个穷秀才,让他许多儿子活活累死他。"

凑　不　起

【原文】

　　一士子赴试,难于构思。诸生随牌俱出,接考者候久,甲仆问乙仆曰:"不知作文一篇,约有多少字?"乙曰:"想来不过五六百。"甲曰:"五六百字,难道胸中便没有了,此时还不出来?"乙曰:"五六百字虽有在肚中,只是一时凑不起来耳!"

【译文】

　　有个人应考,深感构思艰难,始终不能成篇。许多考生都出了考场,接他的人等候他已有很长时间,甲仆问乙仆说:"不知道作一篇文章,约用多少字?"乙回答说:"大概不超过五六百。"甲说:"五六百字,难道肚里还没有？为何此时还不出来？"乙回答说："肚里虽然有五六百字，只是一时凑不起来呀！"

四等亲家

【原文】

两秀才同时四等，于受责时曾识一面。后联姻，会亲日相见，男亲家曰："尊容曾在何处会过来？"女亲家曰："便是有些面善，一时想不起。"各沉吟间，忽然同悟，男亲家点头曰："嘎！"女亲家亦点头曰："嘎！"

【译文】

两个秀才同时考为四等，在受罚时曾见一面。后联姻，会亲日相见。男方亲家说："曾在什么地方会过面？"女方亲家说："确实有些面熟，一时想不起。"两人沉思回忆，忽然同时想起来了，男方亲家点头道："啊！"女方亲家也点头道："啊！"

腹内全无

【原文】

一秀才将试，日夜忧闷不已。妻乃慰之曰："看你作文如此之难，好似奴生产一般。"夫曰："还是你每生子容易。"妻曰："怎见得？"夫曰："你是有在肚里的，我是没在肚里的。"

【译文】

有个秀才考试临近，日夜忧闷不已。妻子安慰他说："看你作文如此之难，好像我生孩子一样。"秀才说："还是你每次生孩子容易。"妻子说："怎见得？"秀才说："你肚子里是有的，而我肚子里却是没有的。"

求　签

【原文】

一士岁考求签,通陈曰:"考在六等求上上,四等下下。"庙祝曰:"相公差矣。四等止杖责,如何反是下下?"士曰:"非汝所知,六等黜退极是干净,若是四等,看了我的文字,决被打杀。"

【译文】

有个人参加岁考后算命求签,祈求说:"考在六等最好,考在四等最不好。"庙里管签人说:"你错了。考在四等只受到杖罚,怎么反是最不好?"那个人说:"你有所不知,考在六等赶出去极为痛快。如果考在四等,看了我写的东西,一定会被打死。"

请　先　生

【原文】

一师惯谋人馆,被冥王知觉,着夜叉拿来。师躲在门内不出,鬼卒设计哄骗曰:"你快出来,有一好馆请你。"师闻有馆,即便趋出,被夜叉擒住。先生曰:"看你这鬼头鬼脑,原不像请先生的。"

【译文】

有个教书先生一向好图谋到富贵人家教书,其劣行被冥王知道了,便让夜叉去捉拿他。先生躲在门内不出来,鬼卒设计哄骗说:"你快点出来,有个好地方请你去教书。"先生听了,立即跑出来,被夜叉擒住。先生说:"看你这鬼头鬼脑,本来就不像请先生的。"

兄 弟 延 师

【原文】

有兄弟两人,共延一师,分班供给。每交班,必互嫌师瘦,怪供给之不丰。于是兄弟相约,师轮至日,即称斤两以为交班肥瘦之验。一日弟将交师于兄,乃令师饱食而去。既上秤,师偶撒一屁,乃咎之曰:"秤上买卖,岂可轻易撒出,原替我吃了下去。"

【译文】

有兄弟二人,请了一个教书先生,膳食轮流供给。每次轮换时,兄弟两人都嫌教书先生体瘦,责怪对方膳食不好。于是兄弟俩约定,等到轮换之日,用秤称一下教书先生的体重作为轮换时肥瘦的凭证。一天,弟弟欲将教书先生交给哥哥,于是令教书先生饱食后再去称量。到了称体重的时候,教书先生碰巧放了一屁,弟弟立即责怪说:"秤上买卖,岂可轻易放出,快替我吃了下去。"

读 破 句

【原文】

庸师惯读破句,又念白字。一日训徒,教《大学·序》,念云:"大学之,书古之,大学所以教人之。"主人知觉,怒而逐之。复被一官延请入幕,官不识律令,每事询之馆师。一日巡捕拿一盗钟者至,官问何以治之,师曰:"夫子之道(盗)忠(钟),恕而已矣。"官遂释放。又一日,获一盗席者至,官又问,师曰:"朝闻道(盗)夕(席),死可矣。"官即将盗席者立毙杖下。适冥王私行,察访得实,即命鬼判拿来痛骂曰:"不通的畜生,你骗人馆谷,误人子弟,其罪不小,谪往轮回去变猪狗。"师再三哀告曰:"做猪狗固不敢辞,但猪要判生南方,狗乞做一母狗。"王问何故,答曰:"南方之猪强与北方之猪。"又问母狗为何,答曰:"曲礼云:'临财母狗(毋苟)得,临难母狗(毋苟)免。'"

【译文】

有个不高明的教书先生,经常断错句子,又爱念白字。有一天训导学生,教《大学·序》,念道:"大学之,书古之,大学所以教人之。"主人听出错误,十分恼怒,赶走了他。教书先生又被一官员聘为幕僚,官员不懂律令,每当遇事便询问教书先生。有一天巡捕捉到一个盗钟人,官员问他怎么处置,教书先生说:"夫子之盗钟,恕而已矣(应是'夫子之道,忠恕而已矣')。"官员于是释放了盗钟的人。又一天,捕获到一个盗席子的,官员又向其询问,教书先生说:"朝闻盗席,死可矣(应是'朝闻道,夕死可矣')。"官员立即将盗席子的人打死。正赶上冥王私访,察知此事,马上派鬼卒将教书先生捉来痛骂道:"不通的畜牲,你骗人钱粮,误人子弟,其罪过不小,转世时,去变猪狗。"教书先生再三哀求说:"做猪狗固然不敢推辞,但求变猪要判生南方,变狗乞求做一母狗。"冥王问他为什么这样要求,教书先生答道:"南方之猪强与北方之猪。"冥王又问为何要托生母狗,教书先生答道:"曲礼云:'临财母狗得,临难母狗免(应是"临财毋苟得,临难毋苟免")'。"

赤 壁 赋

【原文】

庸师惯读别字,一夜与徒讲论前后赤壁两赋,竟念赋字为贼字,适有偷儿潜伺窗外,师乃朗诵大言曰:"这前面《赤壁贼》呀。"贼大惊,因思前面既觉,不若往房后穿窬而入。时已夜深,师已讲完,往后房就寝,既上床复与徒论及后面《赤壁赋》。亦如前读,偷儿在外叹息曰:"我前后行藏悉被此人识破,人家请这样先生,看家狗都不消养得了!"

【译文】

有个平庸的教书先生好读别字,一天晚上为学生讲授《前后赤壁赋》,竟把"赋"字念成"贼"字，正巧有个小偷潜藏在窗外，教书先生高声朗诵道："这前面赤壁贼呀。"小偷十分惊慌，心想房前已被人察觉，不如到房后穿越而入。此时夜已深，教书先生已经讲完，到后房就寝，上床后又与学生论后《赤壁赋》，如前读成"赤壁贼"，小偷在房外听后叹息道："我前后行踪都被此人识破，人家请了这样的先生，看家狗都不需要养了！"

于戏左读

【原文】

有蒙训者，首教《大学》，至"于戏前王不忘"句，竟如字读之。主曰："误矣，宜读作呜呼。"师从之。至冬间读《论语》注：傩虽古礼而近于戏，乃读作呜呼。主人曰："又误矣，此乃于戏也。"师大怒，诉其友曰："这东家甚难理会，只'于戏'两字，从年头直与我拗到年尾。"

【译文】

有个启蒙先生，先教《大学》篇，讲到"于戏前王不忘"句，竟然按字读音。主人说："错了，应读成'呜呼'。"教书先生听从了主人的意见。到了冬天，读《论语》注*傩虽古礼而近于戏*，教书先生把"于戏"读作"呜呼"。主人说："又错了，此处应读成'于戏'。"教书先生十分恼怒，向其朋友诉说道："这东家真难伺候，只'于戏'两字，从年初一直跟我拗到年末。"

教　法

【原文】

主人怪师不善教，师曰："汝欲我与令郎俱死耶！"主人不解，师曰："我教法已尽矣。只除非要我钻在令郎肚里去，我便闷杀，令郎便胀杀。"

【译文】

主人责怪教书先生教导无方，先生回答说："你这是打算让我和你的儿子在一起死呀！"主人不解其意。先生说："我教法已尽了，除非要我钻到你儿子的肚子里边去，我便闷死，你儿子便胀死。"

梦周公

【原文】

一师昼寝，而不容学生瞌睡，学生诘之，师谬言曰："我乃梦周公。"明昼，其徒亦效之，师以戒方击醒曰："汝何得如此？"徒曰："亦往见周公耳。"师曰："周公何语？"答曰："周公说，昨日并不曾会见尊师。"

【译文】

有个教书先生白天睡觉，而不允许学生瞌睡。学生反问先生为何白天睡觉，先生谎骗道："我是梦周公。"第二天白天，其弟子也仿效先生白天睡觉，先生用戒尺击醒学生说："你为何这样？"

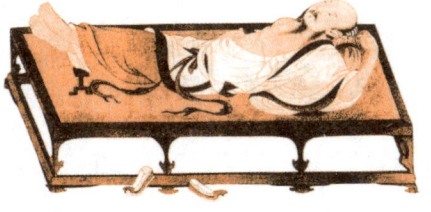

弟子说："我也去见周公。"先生说："周公说了什么？"弟子回答说："周公说昨天不曾会见尊师。"

挞徒

【原文】

馆中二徒，一聪俊，一呆笨。师出夜课，适庭中栽有梅树，即指曰："老梅。"一徒见盆内种柏，应声曰："小柏。"师曰："善！"又命一徒可对好些，徒曰："阿爹。"师以其对得胡说，怒挞其首，徒哭曰："他小柏（伯）不打，倒来打阿爹。"

【译文】

有个先生教两个学生，一个学生聪明，一个学生呆笨。晚上先生教对子，正巧庭院中栽有梅树，于是指着说："老梅。"一个学生见到盆中种柏，应声答道："小柏。"先生说："对得好。"先生又让另一个学生对，学生应对道："阿爷。"先生因其胡对，怒打其头，学生哭着说："先生不打他'小伯'，倒来打'阿爷'。"

想 船 家

【原文】

教书先生解馆归，妻偶谈及"喷嚏鼻子痒，有人背地想。"夫曰："我在学堂内也常常打嚏的。"妻曰："就是我在家想你了。"及开年仍赴东家馆，别妻登舟，船家被初出太阳搐鼻，连打数嚏，师顿足曰："不好了，我才出得门，这婆娘就在那里想着船家了！"

【译文】

有个教书先生解职回来，妻子偶然谈及："如果打喷嚏鼻子痒了，是因为有人想。"丈夫说："我在学堂内也常常打喷嚏。"妻子说："那是我在家想你了。"等到第二年先生仍外出教书别妻登船，摆船人被刚出来的太阳刺激了鼻子，接连打了数个喷嚏，先生跺脚说："不好了，我刚刚出门，这婆娘就在那里想摆船人了！"

咏 钟 诗

【原文】

有四人自负能诗。一日同游寺中，见殿角悬钟一口，各人诗兴勃然，遂联句一首。其一曰："寺里一口钟，"次句云："本质原是铜，"三曰："覆转像只碗，"四曰："敲来嗡嗡嗡。"吟毕，互相赞不置口，皆以为诗才敏捷，无出其右。但天地造化之气，已泄无遗，定夺我辈寿算矣。四人忧疑，相聚环泣。忽有老人自外至，询问何事，众告以故。老者曰："寿数固无碍，但各要患病四十九日。"众问何病，答曰："了膀骨痛！"

【译文】

　　有四个人自以为会作诗。有一天四人一同到寺院里游玩,见殿角悬挂着一口钟,各个诗兴勃发,于是联句一首,甲说"寺里一口钟",乙说"本质原是铜",丙说"覆转像只碗",丁说"敲来嗡嗡嗡"。四人吟诗完了,互相赞不绝口,皆以为诗才敏捷,没人能超过。只是天地造化之气,已泄无遗,必定剥夺我们这些人的寿命。于是四人忧愁疑惑起来,围在一起哭泣。忽然有个老人从外面进来,向他们询问为何如此,四人以实相告。老人说:"寿命倒不会减少,但要患病四十九天。"那四人问是什么病,老人回答说:"全都是膀骨痛。"

歪　诗

【原文】

　　一士好做歪诗。偶到一寺前,见山门上塑赵玄坛踏虎像,士即诗兴勃发,遂吟曰:"玄坛菩萨怒,脚下踏个虎(去声念音"座")。旁立一判官,嘴上一脸歪。"及到里面,见殿宇巍峨,随又续题曰:"宝殿雄哉大(念作"度"),大佛归中坐。文殊骑狮子,普贤骑白兔。"僧出见曰:"相公诗才敏妙,但韵脚欠妥。小僧回奉一首何如?"士曰:"甚好。"僧念曰:"出在山门路,撞着一瓶醋。诗又不成诗,只当放个破(破,屁,声也)。"

【译文】

　　一相公好作歪诗,偶到一寺前,见山门上塑有赵玄坛踏虎像,诗兴大发,遂吟道:"玄坛菩萨怒,脚下踏个虎,旁立一判官,嘴上一脸歪。"走到里面,见殿宇巍峨,随又继续作诗道:"宝殿雄哉大(音"度"),大佛归中坐,文殊骑狮子,普贤骑白兔。"僧出来见了说:"相公诗才敏妙,但韵脚欠妥,小僧回赠一首如何?"相公说:"很好。"僧念道:"出在山门路,撞着一瓶醋,诗又不成诗,只当放个破(读"屁"音)。"

老 童 生

【原文】

老虎出山而回,呼肚饥,群虎曰:"今日固不遇一人乎?"对曰:"遇而不食。"问其故,曰:"始遇一和尚,因臊气不食;次遇一秀才,因酸气不食;最后一童生来,亦不曾食。"问童生何以不食,曰:"怕咬伤了牙齿。"

【译文】

一只老虎出山回来,喊肚子饿了,群虎说:"今天一个人也没遇到么?"回答说:"遇到了但没有吃。"问其原因,回答说:"开始遇到一个和尚,因为臊气没吃;之后遇到一秀才,因酸气没吃;最后来了一个童生,也没有吃。"群虎问为何没吃,回答说:"怕咬伤了牙齿。"

医 官

【原文】

医人买得医官札付者,冠带而坐于店中。过者骇曰:"此何店?而有官在内?"旁人答曰:"此医官之店(嘲衣冠之店)。"

【译文】

有个医生买了医官的装束,穿戴起来坐在店里。看到的人惊奇地说:"这是什么店,竟然有官员坐在里面?"旁边的回答说:"这是医官之店(嘲衣冠之店)。"

锯箭竿

【原文】

一人往观武场，飞箭误中其身。迎外科治之，医曰："易事耳。"遂用小锯截其外竿，即索谢辞去。问："内截如何？"答曰："此是内科的事。"

【译文】

有个人去武场观看，被一飞箭误中其身。接来外科医生为其诊治，医生说："这是很简单的事。"于是用小锯截去体外的箭竿，就索要费用打算离去。有人问："体内的箭竿怎么办？"医生回答说："这是内科医生的事。"

怨算命

【原文】

或见医者，问以生意何如，答曰："不要说起，都被算命先生误了我，嘱我有病人家不要去走。"

【译文】

有个人看见医生，问生意怎么样，医生回答说："不要说起，都被算命先生耽误了，嘱我有病人家不要去。"

送药

【原文】

一医迁居，谓四邻曰："向来打搅，无物可作别。敬每位奉药一帖。"邻居辞以无病。医曰："一吃了我的药，自然会生起病来。"

【译文】

有个医生迁居,对四邻说:"向来打搅,没有什么东西可以赠送作别,特敬送每位一帖药。"邻居以无病相推辞,医生说:"吃了我的药,自然会生起病来。"

取　名

【原文】

有贩卖药材离家数年,其妻已生下四子。一日夫归,问众子何来,妻曰:"为你出外多年,我朝暮思君,结想成胎,故命名俱暗藏深意:长是你乍离家室,宿舟沙畔,故名宿砂;次是你远乡作客,我在家志念,故名远志;三是料你置货完备,合当归家,故唤当归;四是连年盼你不到,今该返回故乡,故唤茴香。"夫闻之大笑曰:"依你这等说来,我再在外几年,家里竟开得一间山药铺了!"

【译文】

有个贩卖药材的人离家数年,其妻已生下四个孩子。有一天丈夫回到家,追问四个孩子是怎么来的,妻子说:"因为你外出多年,我白天黑夜想你,结想成胎,因此命名全都暗藏深意:长子是你乍离家室,宿舟沙畔,故命名'宿砂';次子是你远乡作客,我在家志念,故命名'远志';三子是考虑你置货完备,合当归家,故叫'当归';四子是连年盼你不到,今该返回故乡,故叫'茴香'。"丈夫听了妻子说的话大笑说:"依你这样说来,我再在外几年,家里竟能开得一所中药铺了。"

包 活

【原文】

一医药死人儿,主家诟之曰:"汝好好殡殓我儿罢了,否则讼之于官。"医许以带归处置,因匿儿于药箱中。中途又遇一家邀去,启箱用药,误露儿尸,主家惊问,对曰:"这是别人医杀了,我带去包活的。"

【译文】

一医生医死了人家的小儿,主人生气骂道:"你不好好地把我儿埋葬就要把你告到官府。"医生于是就用药箱装了带走。中途又遇一家人请去给小儿治病,取药时,开箱取药,误露出死儿。主人惊异地问他,医生说:"这是别人医死了的小儿,我带回去医活。"

退 热

【原文】

有小儿患身热,请医服药而死。父请医家咎之,医不信,自往验视,抚儿尸谓其父曰:"你太欺心,不过要我与他退热,今身上热已凉了,倒反来责备我!"

【译文】

有个小孩发高烧,请医生诊治,服药后死了。小孩的父亲到医生家责怪,医生不信,亲自去验视,医生抚摸着儿尸对其父亲说:"你太欺负人,你只不过是让我给他退热,现在他身上已是冰凉的了,倒反来责备我!"

僵　蚕

【原文】

一医久无生理，忽有求药者至，开箱取药，中多蛀虫。人问此是何物，曰："僵蚕。"又问："僵蚕如何是活的？"答曰："吃了我的药，怕他不活！"

【译文】

有个医生久无生意。有一天，忽然来了个买药的，医生打开药箱取药，药箱里已生有很多蛀虫。买药人问是什么东西，医生回答说："僵蚕。"买药人又问："僵蚕为什么是活的？"医生回答道："吃了我的药，怕他不活？"

看　脉

【原文】

有医坏人者，罚牵麦十担，牵毕放归。次日有叩门者曰："请先生看脉。"医曰："晓得了。你先去淘净在那里，我就来牵也。"

【译文】

有个医生为人治病治坏了，主人罚他拉十担麦子，医生拉完后被放了回去。第二天，有人敲门说："请医生去看病。"医生说："晓得了，你先在那里准备好，我就去拉。"

医　赔

【原文】

一医医死人儿，主欲举讼，愿以己子赔之。一日医死人仆，家止一仆，又以赔之。夜间又有叩门者云："娘娘产里病,烦看。"医私谓其妻曰:"淘气,那家想必又看中你了。"

【译文】

有个医生治死别人的儿子,孩子的父亲要诉讼于官府,医生只好把自己的儿子赔给了人家。有一天医生又治死了别人家的仆人,医生只好把家中唯一的仆人赔给了人家。夜里又有人敲门道:"老婆生孩子患了病,烦请去看。"医生悄悄地对妻子说:"淘气,那家想必是看中你了。"

法　　家

【原文】

无赖子怒一富翁,思所以倾其家而不得。闻有崂山道士法力最高,往诉恳之。道士曰:"我使天兵阴诛此翁。"答曰:"其子孙仍富,吾不甘也。"曰:"然则,吾纵天火焚其室店。"答曰:"其田土犹存,吾不甘也。"道士曰:"汝仇深至此乎！吾有一至宝,赐汝持去,朝夕供奉拜求,彼家自然立耗矣。"其人喜甚,请而观之,封缄甚密。启视,则纸做成笔一枝也。问此物有何神通,道士曰:"你不知我法家作用耳。这纸笔上,不知破了多少人家矣。"

【译文】

有个无赖男人怨恨一个富翁,打算捣毁富翁家却想不出办法。无赖听说崂山道士法力最高,便去恳求道士帮忙。道士说:"我让天兵暗中杀掉那个富翁。"无赖说:"杀掉他,他的子孙仍然富有,我不甘心。"道士说:"那么,我发天火烧掉他的房屋。"无赖说:"他的田地还在,我不甘心。"道士说:"你的仇恨实在太深了！我有一至宝,赐给你拿去,朝夕供奉拜求,富翁自然就会家破人亡。"无赖听后十分高兴,请求观看,那东西被封闭得十分严密,打开一看,原来是纸做成的一支笔。无赖问它有什么神通？道士说:"你不晓得我法家作用,凭这纸笔,不知破坏了多少人家啊！"

相 相

【原文】

有善相者,扯一人要相。其人曰:"我倒相着你了。"相者笑云:"你相我如何?"答曰:"我相你决是相不着的。"

【译文】

有个善于相面的人,拉住一人要为其相面,那人说:"我倒相着你了。"相面的笑着说道:"你相着我什么了?"那个人回答说:"我相着你绝对是相不着的。"

胡 须 像

【原文】

一画士写真既就,谓主人曰:"请执途人而问之,试看肖否。"主人从之。初见一人问曰:"哪一处最像?"其人曰:"方巾最像。"次见一人,又问曰:"哪一处最像?"其人曰:"衣服最像。"及见第三人,画士嘱之曰:"方巾、衣服都有人说过,不劳再讲。只问形体何如?"其人踌躇半晌曰:"胡须最像。"

【译文】

有个绘画人为人画像完了,对主人说:"请拿给过路人看看,验证一下像不像。"主人依从让路人看。见到第一个人问道:"哪一处最像?"那人答:"方巾最像。"接着问第二人:"哪一处最像?"第二人说:"衣服最像。"待见到第三人,绘画的叮嘱他说:"方巾、衣服都有人说过,不劳你讲,只问你形体像不像?"第三人看了半晌说:"胡须最像。"

讳输棋

【原文】

　　有自负棋高,与人角,连负三局。次日,人问之曰:"昨日较棋几局?"答曰:"三局。"又问:"胜负如何?"曰:"第一局我不曾赢;第二局他不曾输;第三局我本等要和,他不肯罢了。"

【译文】

　　有个人自负棋艺高超,和人下棋,连输三盘。第二天,别人问他说:"昨天下了几盘棋?"回答道:"三盘。"又问:"胜负如何?"那人回答说:"第一盘我没有赢,第二盘他没有输,第三盘我本想要和,对方不肯了。"

银匠偷

【原文】

　　一人生子,虑其难养,请一星家算命。星士曰:"关煞倒也没得,大来运限俱好,只是四柱中犯点贼星,不成正局。"那人曰:"不妨,只要养得大,就叫他学做银匠。"星士曰:"为何?"答曰:"做了银匠,哪日不偷几分银子养家活口。"

【译文】

　　有个人生了儿子,忧其难养,便请来算卦的为其算命。算命先生说:"关坎倒也没有,长大后命运门槛都好,只是四柱中犯点贼星,不成正局。"那人说:"不妨,只要养得大,就叫他学做银匠。"算命先生说:"这是为什么?"那人回答说:"做了银匠,哪天不偷几分银子养家活口。"

利 心 重

【原文】

银匠开铺三日,绝无一人进铺。一日至暮,有以碎银二钱来倾者,乃落其半,倾作对充与之。其人大怒,谓其利心太重。银匠曰:"天下的人利心再没有轻过于我的。开了三日店,止落得一钱,难道自己吃了饭,三分一日,你就不要管了?"

【译文】

有个银匠开业三天,没有一人进店,第三天太阳快要落山的时候,一个人拿了二钱碎银来熔铸,银匠贪其半,只用一钱熔铸后交给那人。那人大怒,说银匠取利之心太重。银匠说:"天下的人,取利之心再没有轻过我的了,开了三日店只取了一钱,难道你自己吃了饭,别人三天的死活就不管了?"

有 进 益

【原文】

一翁有三婿,长裁缝,次银匠,惟第三者不学手艺,终日闲游。翁责之曰:"做裁缝的,要落几尺是几尺;做银匠的,要落几钱就是几钱;独汝游手好闲,有何结局?"三婿曰:"不妨,待我打一把铁撬,撬开人家库门,要取偷千偷百,也是易事,稀罕他几尺几钱!"翁曰:"这等说,竟是贼了。"婿曰:"他们两个每日落人家东西,难道不是贼?"

【译文】

一老头有三个女婿:大的是裁缝,二的是银匠,只有老三不学手艺,整天闲游。老头责备老三说:"做裁缝的,要留几尺就是几尺;做银匠的,要留几钱就是几钱，唯独你游手好闲，结局不堪设想！"三女婿说："不妨，待我打一把铁撬撬开人家库门，要拿千百，也是简单的事，稀罕他几尺几钱！"老头说："那样做，就是贼了。"三女婿回答说："他们两个每天都留人家东西，难道不是贼？"

裁　　缝

【原文】

辰年大旱，太守命法官祈雨，雨不至。太守怒欲治之。法官禀云："小道本事平常，不如某裁缝最好。"太守曰："何以见得？"答曰："他要落几尺就是几尺。"

【译文】

有一年大旱，太守命法官祈祷下雨，雨不下。太守恼怒要治罪法官，法官禀报说："小道本事平常，不如某裁缝的本事大。"太守说："凭什么这样说？"法官答道："他要落几尺就是几尺。"

不　下　剪

【原文】

缝匠裁衣，反复量久，不肯下剪。徒弟问其故，答曰："有了他的，便没有了我的；有了我的，又没有了他的。"

【译文】

有个裁缝为人裁衣，反复量了好半天也不肯下剪，徒弟问其原因，裁缝答道："有了他的，便没有了我的；有了我的，又没有了他的。"

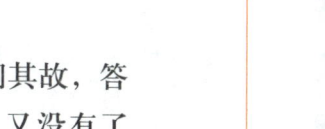

要　尺

【原文】

一裁缝上厕坑，以尺插墙上，便完忘记而去。随有满洲人登厕，偶见尺，将腰刀挂在上面。少顷，裁缝转来取尺，见有满人，畏而不前，观望良久。满人曰："蛮子你要甚么？"答曰："小的要尺。"满人曰："咱囚攮的，屙也没有屙完，你就要吃（尺）！"

【译文】

有个裁缝上厕所，把尺插在墙上，便完忘记拿尺就走了。随后一满人上厕所，见到墙上有尺，便将腰刀挂在尺上。不一会，裁缝回来取尺，见到满人和尺上挂着的腰刀，十分惧怕，不敢向前取尺。观望好久，满人说："蛮子你要什么？"裁缝回答说："小的要尺。"满人说："咱囚攮的，屙也没有屙完，你就要吃（尺）！"

待　诏

【原文】

一待诏初学剃头，每刀伤一处，则以一指掩之。已而，伤多不胜其掩，乃曰："原来剃头甚难，须得千手观音来才好。"

【译文】

有个理发师初学剃头，用刀每刮破一处伤口，就用一个手指掩盖住，不久刀伤出现很多，用手指掩盖已不能够，于是说："原来剃头甚难，只有千手观音才做得来。"

篦　头

【原文】

　　篦头者被贼偷窃，次日至主顾家做生活，主人见其戚容，问其故，答曰："一生辛苦所积，昨夜被盗。仔细想来只当替贼篦了一世头耳。"主人怒而逐之。他日另换一人，问曰："某人原是府上主顾，如何不用？"主人为述前言，其人曰："这样不会讲话的，只好出来弄卵。"

【译文】

　　有个为人梳头的，被贼偷去财物，第二天到主顾家做活。主人见他脸色悲伤，问其原因，回答说："一生辛辛苦苦积攒下的财物，昨夜被盗。仔细想来只当替贼梳了一辈子头罢了。"主人听后十分恼怒，把他赶了出去。不几天又换一个梳头的。后一个梳头的问道："前一个梳头的原是府上主顾，为什么你不用了？"主人为其做了复述。那人说："这样不会讲话的，只好出来弄卵。"

头　嫩

【原文】

　　一待诏替人剃头，才举手，便所伤甚多，乃停刀辞主人曰："此头尚嫩，下不得刀，且过几时，姑俟其老老再剃罢。"

【译文】

　　有个理发的为人剃头，刚一举手，便伤了许多地方，于是放下刀子辞别主人说："此头尚嫩，下不得刀，还是过些时间，等它老一老再剃吧。"

偷　　肉

【原文】

　　厨子往一富家治酒,窃肉一大块藏于帽内。适为主人窥见,有意耍他拜揖,好使帽内肉跌下地来,乃曰:"厨司务,劳动你,我作揖奉谢。"厨子亦知主人已觉,恐跌出不好看,相急跪下曰:"相公若拜揖,小人竟跪下。"

【译文】

　　有个厨师到一富人家去置办酒席,偷了一大块肉藏在帽子里。恰巧被主人暗中看到,便想耍弄厨师拜揖,好使帽内的肉掉下地来,于是说:"大厨师,感谢你,我作揖奉谢。"厨师知道主人已发觉他偷肉,恐怕跌出难堪,急忙跪下说:"你如果拜揖,小人我就跪下。"

三　名　斩

【原文】

　　朝廷新开一例,凡物有两名者充军,三名者斩。茄子自觉双名,躲在水中。水问曰:"你来为何?"茄曰:"避朝廷新例。因说我有两名,一名茄子,一名落苏。"水曰:"若是这等,我该斩,一名水,二名汤,又有那天灾人祸的放了几粒米,把我来当酒卖。"

【译文】

　　朝廷制定一个法规,凡物有两个名称者充军,有三个名称的斩。茄子觉得自己是双名,便躲藏在水里。水问茄子道:"你来干什么?"茄子回答说:"躲避朝廷新例,因为他们说我有两个名称,一个是茄子,一个是落苏。"水说:"如果是这样,我该斩了,我一叫水,二叫汤,又有那天灾人祸的放了几粒米,把我当酒卖。"

酒　娘

【原文】

人问何为叫做酒娘,答曰:"糯米加酒药成浆便是。"又问既有酒娘,为甚没有酒爷,答曰:"放水下去就是酒爷。"其人曰:"若如此说,你家的酒是爷多娘少了。"

【译文】

甲问乙什么叫酒娘,乙回答说:"糯米加酒药成浆便是。"甲又问既然有酒娘,为啥没有酒爷。乙回答说:"放水下去就是酒爷。"甲说:"如果这样说,你家的酒是爷多娘少了。"

着　醋

【原文】

有卖酸酒者,客上店谓主人曰:"肴只腐菜足矣,酒须要好的。"少顷,店主问曰:"菜中可要着醋?"客曰:"醋滴菜心甚好。"又问曰:"腐内可要放些醋?"客曰:"醋烹豆腐也好。"再问曰:"酒内可要着醋否?"客讶曰:"酒中如何着得醋?"店主攒眉曰:"怎么处?已着下去了。"

【译文】

有家酒馆好卖酸酒。顾客上店后对主人说:"菜只豆腐青菜就够了,但酒一定要好的。"不一会,店主问道:"菜里可要放醋吗?"顾客说:"醋滴菜心好极了。"店主又问道:"豆腐里可要放些醋吗?"顾客回答说:"醋烹豆腐也好。"店主再次问道:"酒里是否也要放些醋?"顾客听了十分惊讶,说:"酒里怎能放得醋?"店主皱眉头道:"这可怎么办?醋已放进去了。"

酸　　酒

【原文】

一酒家招牌上写：酒每斤八厘，醋每斤一分。两人入店沽酒，而酒甚酸。一人咂舌攒眉曰："如何有此酸酒，莫不把醋错拿了来？"友人忙捏其腿曰："呆子快莫做声，你看牌面上写着醋比酒更贵着哩！"

【译文】

有家酒店的招牌上写着："酒每斤八厘，醋每斤一分。"两个人入店买酒喝，而酒甚酸。其中一人咂舌皱眉说："怎么有这样酸酒，莫不是错把醋拿来了？"友人急忙捏其大腿说："呆子快别做声，你看牌子上写着醋比酒更贵着哩！"

胡　癞　杀

【原文】

或看审囚回，人问之，答曰："今年重囚五人，俱有认色：一痴子、一癫子、一瞎子、一胡子、一癞痢。"问如何审了，答曰："只胡子与癞痢吃亏，其余免死。"又问何故，曰："只听见问官说痴弗杀，癫弗杀，一眼弗杀，胡子癞痢杀。"

【译文】

甲看审问囚犯归来，乙问其审判结果，甲答道："今年重犯五人，都有特征相辨认：一痴子、一癫子、一瞎子、一胡子、一癞痢（即癞痢头，发生在头皮和头发的癣）。"乙问如何审了，甲回答道："只胡子与癞痢吃亏，其余免死。"乙又问是什么缘故，甲说："只听见审问官说：'痴不杀，癫不杀，一眼不杀，胡子癞痢杀。'"

抛　　锚

【原文】

　　道士、和尚、胡子三人过江。忽遇狂风大作，舟将颠覆，僧道慌甚，急把经卷投入江中，求神救护。而胡子无可掷得，惟将胡须逐根拔下，投于江内。僧道问曰："你拔胡须何用？"其人曰："我在此抛毛（锚）。"

【译文】

　　道士、和尚、胡子三人过江，突然遇到狂风大作，船将颠覆，僧道十分慌恐，急忙把经卷投入江中，求神救助。胡子无物可掷，便将胡须逐根拔下，投入江内。僧道问他说："你拔胡须干什么？"胡子答道："我在此抛毛（音同'锚'）。"

一　般　胡

【原文】

　　两人聚论《论语》一书，皆讲胡子。开章就说："'不亦悦乎，不亦乐乎，不亦君子乎'，这三个都是好胡；'为人谋而不忠乎，与朋友交而不信乎，传不习乎'，这三个是不好胡；'君子者乎，色壮者乎'，这两个胡一好一不好。"或问："使乎使乎。"答曰："上面的胡与下面的胡总是一般。"

【译文】

　　有两个人在一起评论《论语》一书，认为讲的都是胡子。开篇就说："'不亦悦乎，不亦乐乎，不亦君子乎？'这三个是好胡子；'为人谋而不忠乎，与朋友交而不信乎，传不习乎？'这三个是不好的胡子；'君子者乎，色壮者乎？'这两个胡子一好一坏。"有人问："'使乎使乎'是什么意思？"那两个人回答说："上面的胡子与下面的胡子总是一般。"

稀 胡 子

【原文】

一稀胡子要相面,相士云:"尊相虽不大富,亦不至贫。"胡子曰:"何以见得?"相士曰:"看公之须,比上不足,比下有余。"

【译文】

有个胡子稀疏的人让相面先生相面,相面先生说:"尊相虽不十分富有,也不十分贫穷。"那个人问:"凭什么这样说?"相面先生回答说:"看你的胡须,比上不足,比下有余。"

胡 答 嘲

【原文】

颜回、子路、伯鱼三人私议曰:"夫子惟胡,故开口不脱'乎'字。"颜回曰:"他对我说:'回也,其庶乎。'"子路曰:"他对我说:'由也,诲汝知之乎?'"伯鱼曰:"我家尊对我也说,汝为周南召南矣乎。"孔子在屏后闻之,出责伯鱼曰:"回是个短命,由是个不得其死的,人说我胡也罢了,你是我的儿子,如何也来说我老子!"

【译文】

颜回、子路、伯鱼三人暗地议论说:"夫子(孔子)留有胡须,所以开口不离'乎'字。"颜回说:"他对我说:'回也,其庶乎。'"子路说:"他对我说:'由也,诲汝知之乎?'"伯鱼说:"我家尊(父亲)对我也说:'汝为周南召南矣乎。'"孔子在屏风后面听到三人的议论,出来责怪伯鱼道:"回是个短命,由(子路)是个不得好死的,他们说我胡也算了,你是我的儿子,为什么也来说我老子!?"

亲　爷

【原文】

有妻方受孕而夫出外经商者,一去十载,子已年长,不曾识面。及父归家,突入妻房,其子骤见乃大喊曰:"一个面生胡子大胆闯入母亲房里来了!"其母曰:"这胡子正是你的亲爷!"

【译文】

有个人妻子受孕,自己出外经商,一去十年。儿子已长大,但不曾看过父亲。等到父亲回家,突然进入妻子房里,儿子猛然见到后大喊:"一个脸上长有胡须的人大胆闯入母亲房里来了!"母亲说:"那满脸胡须的人正是你的亲爹!"

拔须去黑

【原文】

一翁须白,令姬妾拔之。妾见白者甚多,拔之将不胜其拔,乃将黑者尽去。拔讫,翁自引镜照,遂大骇,因咎其妾曰:"少的倒不拔,倒去拔多的!"

【译文】

有个老翁胡须白了很多,让妾为其拔掉,妾见白的太多,拔白的将拔不胜拔,于是将黑的全部拔掉。拔完后,老翁使镜子自照,大吃一惊,责怪其妾道:"难道白的倒不拔,倒去拔黑的!"

黄　须

【原文】

一人须黄，每于妻前自夸："黄须无弱汉，一生不受人欺。"一日出外被殴而归，妻引前言笑之。答曰："哪晓得那人的须竟是通红的。"

【译文】

有个人胡须黄色，经常在妻子面前自夸："黄须无弱汉，一生不受人欺。"一天出外被殴打回来，妻子引他自夸的话嘲笑他，丈夫回答道："哪晓得那人的胡须竟是通红的。"

老　面　皮

【原文】

或问世间何物最硬，曰："石头与钢铁。"其人曰："石可碎，铁可錾，安得为硬？以弟看来惟兄面上髭须最硬，铁石总不如也。"问其故，答曰："看老兄这副厚脸皮，竟被它钻了出来。"那有须者回嘲云："足下面皮更老，这等硬须还钻不透！"

【译文】

有个未长胡子的人问世间何物最硬，长胡子的人回答道："石头和钢铁。"未长胡须的人说："石可碎，铁可雕刻，怎么最硬？以我看来只有你脸上的胡须最硬，铁石全都不如。"有须者问为什么，无须者答道："看你这副厚脸皮，竟被它钻了出来。"那有须的人反过来嘲讽道："你面皮更厚，胡须这般硬还钻不透！"

长卵叹气

【原文】

一官到任,出票要唤兄弟三人,一胖子、一长子、一矮子备用,异姓者不许进见。一家有兄弟四人,仅有一胖三矮,私相计议曰:"四人之中,胖矮俱有,单少一长人,只得将二矮缝一长裤,两人接起充作长人,便觉全备。"如计行之。官见大喜,簪花赏酒,三人一时荣宠。下矮压得受苦,在内唠唠,大有怨词。官听见,问下面甚响,众慌禀曰:"这是长卵叹气。"

【译文】

有个当官的刚刚到任,写了张字条欲招聘兄弟三人:一胖子、一高个儿、一矮个儿,并要求三人非同姓的不许进见。一家有兄弟四人,仅有一胖三矮,暗自商议说:"四人之中,胖子矮个儿者有,只少一高个儿,只得将两矮个儿缝一长裤,两人接起充当高个儿。"四人觉得完全满足了当官的要求,便按计而行,当官的见到他们十分高兴,买酒慰劳,三人感到十分荣宠。下边的矮个儿由于挨压受苦,在裤内唠唠,大有怨愤之词。当官的听到裤内有声,问里面是什么动静,三人慌忙禀报:"这是长卵叹气。"

扇　　坠

【原文】

有持大扇者,遇矮子,戏以扇置其头曰:"欲借兄权作扇坠耳。"矮子大怒骂曰:"入娘贼!若拿我做扇坠,我就兜心一脚踢杀你!"

【译文】

有个人拿着大扇子,遇到矮子,开玩笑用扇子搁在矮子的头上说:"借用你一下做个扇坠吧。"矮子十分愤怒地大骂道:"入娘贼,如果拿我做扇坠,我就照你心口一脚踢死你!"

搁　　浅

【原文】

矮人乘舟出游,因搁浅,自起撑之。失手坠水,水没过项,矮人起而怒曰:"偏我搁浅搁在深处。"

【译文】

有个矮子乘小船出外游玩,因为搁浅,便自己起来撑船,矮子失足落水,水没过矮子头顶,矮子浮起大怒道:"偏偏我搁浅搁在深处。"

瞽　　笑

【原文】

一瞽者与众人同坐,众人有所见而笑,瞽者亦笑。众问之曰:"汝何所见而笑?"瞽者曰:"列位所笑,定然不差,难道是骗我的?"

【译文】

有个盲人与众人同坐,众人见到好笑的事笑了起来,盲人也笑起来。众人问盲人说:"你看到什么了而笑?"盲人说:"诸位所笑,一定不会错,难道是骗我的?"

被　　打

【原文】

　　　　二瞽者同行,曰:"世上惟瞽者最好。有眼人终日奔忙,农家更甚,怎如得我们心上清闲。"众农夫窃听之,乃伪为官过,谓其失之回避,以锄把各打一顿而呵之去。随复窃听之。一瞽者曰:"毕竟是瞽者好,若是有眼人,打了还要问罪哩!"

【译文】

　　两个盲人同行,说:"世上唯独盲人最好,有眼人终日奔忙,农家更厉害,怎么赶得上我们清净悠闲。"众农夫暗暗听了他们说的话,于是假装当官的走过,说盲人不回避有失礼仪,用锄把各打一顿后吆喝他们离开。随即又暗暗听他们说话。一个盲人说:"毕竟是眼瞎好,如果是有眼睛的,挨打之后还要问罪哩!"

吃　螺　蛳

【原文】

　　　　有盲子暑月食螺蛳,失手坠一螺肉在地,低头寻摸,误捡鸡屎,放在口里,向人曰:"好热天气,东西才落下地,怎就这等臭得快!"

【译文】

　　有个盲人大热天吃螺蛳,失手把一螺肉掉在地上,低头寻摸,误捡鸡屎,放在嘴里,对人说:"好热天气,东西才掉在地上,怎么就臭得这样快!"

兄弟认匾

【原文】

兄弟三人皆近视,同拜一客。堂上悬"遗清堂"一匾。伯曰:"主人原来患此病,不然何以取'遗精室'也。"仲细看良久曰:"非也。想主人好道,故名'道情堂'耳。"二人争论不已。以季弟目力更好,使辨之,乃张目睨视半响曰:"汝两人皆妄,上面安得有匾!"

【译文】

有兄弟三人都是近视,同去拜访一个客人,看见客人堂上悬挂"遗清堂"一匾。老大说:"主人原来患此病,不然为什么取名为'遗精室'呢?"老二仔细看了许久说:"不是的,想必是主人好道,故取名'道情堂'。"老大老二争论不休,认为三弟目力最好,让他辨认。于是,老三瞪大眼睛瞅了半天说:"你们两人都错了,上面哪里有匾!"

金漆盒

【原文】

一近视出门,见街头牛屎一大堆,认为路人遗下的盒子,随用双手去捧。见其烂湿,乃叹曰:"好个盒子,只可惜漆水未干。"

【译文】

有个近视出门,看见街头一大堆牛屎,以为是过路人丢下的盒子,于是用双手去捧,见其湿烂,即慨叹道:"好个盒子,只可惜漆水未干。"

问　　路

【原文】

一近视迷路，见道旁石上栖歇一鸦，疑是人也，遂再三诘之。少顷，鸦飞去，其人曰："我问你不答应，你的帽子被风吹去了，我也不对你说！"

【译文】

有个近视眼迷了路，看见道旁石头上栖息着一只乌鸦，疑是人，于是问其再三。不一会，乌鸦飞走了，那个人说："我问你不答应，你的帽子被风吹走了，我也不对你说！"

乌 云 接 日

【原文】

近视者赴宴，对席一胡子吃火朱柿，即起别主人曰："路远告辞。"主曰："天色甚早。"答云："恐天下雨，那边乌云接日头哩。"

【译文】

有个近视赴宴，席对面有个长胡子的人吃红柿，近视眼马上起来告别主人说："路远告辞。"主人说："天色甚早。"近视眼回答道："恐怕天要下雨，那边乌云接日头哩。"

鼻 影 作 枣

【原文】

近视者拜客，主人留坐待茶。茶果吃空，视茶内鼻影以为橄榄也，捞摸不已。久之忿极，辄用指撮起，尽力一咬,指破血出。近视乃仔细认之曰:"啐,我只道是橄榄,却原来是一个红枣。"

【译文】
　　有个近视眼去拜访他人,主人让其座位招待茶果。茶果吃完后,近视眼见茶内鼻影以为是橄榄,捞摸不停,时间长了十分忿怒,就用手指撮起,尽力一咬,指破血出。近视眼于是仔细辨认道:"咳,我只道是橄榄,原来却是一个红枣。"

虾　　酱

【原文】
　　一乡人挑粪经过,近视唤曰:"拿虾酱来。"乡人不知,急挑而走。近视赶上,将手握粪一把于鼻上闻之,乃骂道:"臭已臭了,什么奇货还要这等行情。"

【译文】
　　有个乡下人挑粪经过,一近视眼召唤道:"拿虾酱来。"乡下人不知是召唤他,仍然挑着粪快走。近视眼追赶上,用手抓了一把粪凑近鼻子闻,于是骂道:"臭已臭了,什么奇货值得你这样态度!"

拾　蚂　蚁

【原文】
　　近视者行路,见蚂蚁摆阵,疏密成行,疑是一物。因掬而取之,撮之不起,乃叹息曰:"可惜一条好线,毁烂得蹙蹙断了。"

【译文】
　　有个近视眼走路,看到蚂蚁摆阵,疏密成行,疑是一物，于是用双手捧取，撮之不起，便叹息道："可惜一条好线，毁烂得不能舒展就断了。"

捡 银 包

【原文】

有近视新岁出门，拾一爆竹，错认他人遗失银包也。且喜新年发财，遂密藏袖内，至夜乃就灯启视。药线误被火燃，立时作响，方在吃惊，旁一聋子抚其背曰："可惜一个花棒槌，无缘无故，如何就是这样散了。"

【译文】

有个近视眼新年出门，捡到一个爆竹，误认为是别人丢失的银包，自喜新年发财，于是密藏在袖子里，到了晚上便凑近灯前观看，药蕊误被灯火点燃，爆竹立刻炸响。近视眼正在吃惊，旁边一个聋子抚摸着他的背说："可惜一个花棒槌，无缘无故怎么就这样散了。"

漂 白 眼

【原文】

一漂白眼与赤鼻头相遇，谓赤鼻曰："足下想开染坊，大费本钱，鼻头都染得通红。"赤鼻答曰："不敢也，只浅色而已，怎如得尊目，漂白得有趣。"

【译文】

有个漂白眼与一个红鼻头相遇，漂白眼对红鼻头说："您想开染坊，大费本钱，连鼻头都染得通红。"红鼻头答道："不敢，只是浅色而已，怎么赶得上您的眼睛，漂白得有趣。"

聋　耳

【原文】

　　一医者耳聋,至一家看病女人。病女问莲心吃得否,医者曰:"面筋发病,是吃不得的。"病女曰:"是莲肉。"医者曰:"就是盐肉,也要少吃些。"病女曰:"先生耳朵是聋的。"医者曰:"若是里股是红的,只怕要生横痃,倒要脱开来,待我看看好用药。"

【译文】

　　有个医生耳聋,到一病女家看病。病女问莲心是否能吃,医生说:"面筋是吃不得的。"病女说:"是莲肉。"医生说:"就是盐肉,也要少吃些。"病女说:"先生耳朵是聋的。"医生说:"如果里股是红的,只怕是横痃(一种心绞痛的病),倒要脱下来,待我看看好用药。"

呵　欠

【原文】

　　一耳聋人探友,犬见之吠声不绝。其人茫然不觉,入见主人揖毕告曰:"府上尊犬想是昨夜不曾睡来。"主问:"何以见得?"答曰:"见了小弟只是呵欠。"

【译文】

　　有个耳聋的人探视友人,友人家的狗看见他大叫不止,耳聋的人毫无察觉。进入里屋见到主人揖礼后告诉主人说:"府上的狗想是昨夜没有睡觉。"主人问:"何以见得?"那人回答说:"见了小弟只是打呵欠。"

火　症

【原文】

　　一聋子望客，雨中见犬吠不止，乃叹曰："此犬犯了火症，枯渴得紧，只管开口接水吃哩。"

【译文】

　　有个聋子远望客人，雨中见狗吠不止，于是慨叹说："这狗犯了火症，枯渴得很，只管张口接水喝哩。"

葡萄架倒

【原文】

　　有一吏惧内，一日被妻挞碎面皮。明日上堂，太守见而问之，吏权词以对之："晚上乘凉，葡萄架倒下，故此刮破了。"太守不信曰："这一定是你妻子挞碎的，快些差皂隶拿来。"不意奶奶在后堂潜听，大怒抢出堂外，太守慌谓吏曰："你且暂退，我内衙葡萄架也要倒了。"

【译文】

　　有个官吏怕老婆，一天被妻子抓破脸皮。第二天上堂，太守见了问他脸皮怎么破的，官吏搪塞说："晚上乘凉，葡萄架倒下，因此刮破了。"太守不信，说："这一定是你妻子打破的，快派差役捉来。"不料太守的老婆在后堂偷听，十分恼怒地跳出堂外，太守慌忙对官吏说："你先暂时退下，我内衙葡萄架也要倒了。"

槌碎夜壶

【原文】

有病其妻之吃醋,而相诉于友,谓凡买一婢,即不能容,必至别卖而后已。一友曰:"贱荆更甚,岂但婢不能容,并不许置一美仆,必至逐去而后已。"旁又一友曰:"两位老兄劝你罢,像你每嫂还算贤慧,只看我房下,不但不容婢仆,且不许擅买夜壶,必至槌碎而后已。"

【译文】

有个人对其老婆好吃醋十分苦恼,告诉给朋友,说每次买婢女,自己的老婆都不能容纳,最终卖掉才心满意足。一个朋友说:"我那老婆更厉害,不但婢女不能容纳,并且不许添置一个美仆,必赶走才罢休。"旁边又一朋友说:"两位大哥息怒,两位老嫂还算贤慧,看我那老婆,不但不容婢仆,并且不许擅买夜壶,否则必摔碎才罢休。"

手 硬

【原文】

有相士对人谈相云:"男手如枪,女手如姜,一生吃不了米饭,穿不了衣裳。"一人喜曰:"若是这等说,我房下是个有造化的。"人问何以见得,答曰:"昨晚在床上,嫌我不能尽兴,被他打了一掌,今日还是辣渍渍的。"

【译文】

有个相面的先生对人谈相说:"男手如枪女手如姜,一生吃不了的米饭,穿不了的衣裳。"一个人听后高兴地说："如果是这样，那么我老婆是个有造化的。"别人问他为何这样说，那个人回答说："昨晚在床上，嫌我不能尽兴，被她打了一掌，今天还辣渍渍的。"

呆　郎

【原文】

一婿有呆名，舅指门前杨树问曰："此物何用？"婿曰："这树大起来，车轮也做得。"舅喜曰："人言婿呆，皆耍也。"及至厨下，见研酱擂盆，婿又曰："这盆大起来，石臼也做得。"适岳母撒一屁，婿即应声曰："这屁大起来，霹雳也做得。"

【译文】

某人的女婿素有呆名。舅舅指着门前的杨树问道："此物有何用？"女婿说："这树大起来，车轮也做得。"舅舅高兴地说："别人说女婿呆，都是有意耍弄人。"等到进了厨房，看见研酱擂盆，女婿又说："这盆大起来，石臼也做得。"恰巧岳母放了一屁，女婿马上应声道："这屁大起来，霹雳也做得。"

痴　婿

【原文】

人家有两婿，小者痴呆，不识一字，妻曰："姐夫读书，我爹爹敬他；你目不识丁，我面上甚不争气，来日我兄弟完姻，诸亲聚，识认几字也好在人前卖嘴。我家土库前，写'此处不许撒尿'六字，你可牢记，人或问起，亦可对答，便不敢欺你了。"呆子唯诺，至日行至墙边，即指曰："此处不许撒尿。"岳丈喜曰："贤婿识字大好。"良久舅姆出来相见，裙上有销金飞带，绣

"长命富贵，金玉满堂"八字，坠于裙之中间，呆子一见，忙指向众人曰："此处不许撒尿。"

【译文】

　　一人家有两婿，小婿痴呆，不识一字。小婿的妻子说："姐夫读书，我爹爹敬他；你目不识丁，我脸上甚不争气。过些日子我兄弟结婚，众亲友聚会，你学习认识几字，也好在人们面前炫耀一下。我家土墙前，写有'此处不许撒尿'六字，你要牢记，别人如果问起，亦可对答，便不敢欺你了。"呆子点头答应。到了兄弟结婚那一天，呆子走到墙边，指着上面的字说："此处不许撒尿。"岳父高兴地说："贤婿识字很好。"过了一段时间，舅母从屋里出来，其裙子上有绡金飞带，绣着"长命富贵，金玉满堂"八字，坠于裙子中间。呆子一看急忙指着向众人说："此处不许撒尿。"

呆　　子

【原文】

　　一呆子性极痴，有日同妻至岳家拜门。设席待之，席上有生柿水果，呆子取来，连皮就吃，其妻在内窥见，只叫得"苦呀"。呆子听见，忙答曰："苦到不苦，惹得满口涩得紧着哩。"

【译文】

　　有个呆子极为痴傻。有一天呆子同妻子到岳父家拜访。岳父家设宴招待，席中有生柿水果，呆子拿起来，连皮就吃，其妻在里边看见，叫道："苦呀。"呆子听见，马上答道："苦倒不苦，只是弄得满嘴太涩了。"

携　冰　水

【原文】

　　一呆婿至妻家留饭，偶吃冻水美味。乃以纸裹数块，纳之腰间带归，谓妻曰："汝父家有佳味，我特携来啖汝。"索之腰中，已消溶矣。惊奇曰："奇，如何撒出一脬尿，竟自逃走了。"

【译文】

有个呆女婿到岳父家，被留吃饭，碰巧吃冻水美味，于是用纸包起数块，放入腰间带回家里，对妻子说："你娘家有美味，我特意携带回来给你吃。"说着到腰间去取，冻水已经融化了，呆子大吃一惊道："奇怪，怎么撒了一泡尿，竟然自己逃走了。"

不道是你

【原文】

新郎愚蠢，连朝不动，新人只得与他亲吻一嘴。其夫大怒，往诉岳母，曰："不要听他，或者不道是你罗。"

【译文】

新郎十分愚呆，婚后数日毫无动作，新娘只好亲了他一口，新郎大怒，到岳母那去告状，岳母说："不要恼，她可能不知道是你哩。"

丈母不该

【原文】

女婿见丈人拜揖，遂将屁股一挖。丈人大怒，婿云："我只道是丈母罗。"隔了一夜，丈人将婿责之曰："畜生，我昨晚整整思量了一夜，就是丈母你也不该。"

【译文】

有个女婿见岳父拜揖，便在岳父屁股上抠了一把。岳父大怒，女婿说："我以为是岳母呢。"隔了一夜，岳父责怪女婿说："畜生，我昨晚整整思量了一夜，就是岳母你也不该。"

事发觉

【原文】

一人奔走仓惶，友问何故而急急若此，答曰："我十八年前干差了一事，今日发觉。"问："毕竟何事？"乃曰："小女出嫁。"

【译文】

有个人仓皇奔走，朋友问是什么缘故急促至此。那人回答说："我十八年前干错了一件事，今天才发觉。"友问："到底是什么事？"那人回答说："小女出嫁。"

烧令尊

【原文】

一人远出，嘱其子曰："有人问你令尊，可对以家父有事出外，请进拜茶。"又以其呆恐忘也，书纸付之。子置袖中，时时取看，至第三日，无人问者，以纸无用，付之灯火。第四日忽有客至，问："令尊呢？"觅袖中纸不得，因对曰："没了。"客惊曰："几时没的？"答曰："昨夜已烧过了。"

【译文】

有个人出远门，嘱咐其儿子说："如有人问你令尊（父亲），你可以回答说家父有事出外，并请进屋里拜茶。"接着那个人又想到其子呆笨，怕他忘记，于是又把说的话写在一张纸条上交给儿子。其子把纸条放在袖中。父亲走后，儿子经常把纸条拿出来察看。到了第三天，仍然无人来访。其子认为纸条已无用处，便投进灯火中烧了。第四天突然有客人来访，问道："令尊呢？"其儿子寻觅袖中纸条没有找到，于是回答说："没了。"客人大吃一惊，问道："几时没的？"其子回答道："昨天夜里已经烧了。"

子守店

【原文】

有呆子者，父出门令其守店，忽有买货者至，问："尊翁有么？"答曰："无。"又问："尊堂有么？"亦曰："无。"父归知之，责其子曰："尊翁我也，尊堂汝母也，何得言无。"子恼怒曰："谁知你两夫妇，都是要卖的。"

【译文】

有个呆子，其父亲出门让他守店。突然来了一个买货的，问道："尊翁有么？"呆子回答说："没有。"又问："尊堂有么？"呆子回答说："也没有。"呆子的父亲回来了解此事后，责怪儿子说："尊翁是我，尊堂是你母亲，怎么能说没有。"儿子恼怒道："谁知你俩都是要卖的。"

活脱话

【原文】

父戒子曰："凡人说话放活脱些，不可一句说煞。"子问如何活脱时，适有邻家来借物件，父指而教之曰："比如这家来借东西，看人打发，不可竟说多有，不可竟说少有；也有家里有的，也有家里无的，这便活脱了。"子记之。他日，有客到门问："令尊在家否？"答曰："我也不好说多，不好说少，其实也有在家的，也有不在家的。"

【译文】

父亲告诫儿子说："人不管说什么话都要说得

活脱些,不能把话说死。"儿子问如何才能把话说活脱,正好邻居家来借东西,父亲便以邻居来借东西教导说:"比如这家来借东西,看人打发对待,不可直说有很多,也不可以直说没多少;有时说家里有,有时便说家里无,这样说便活脱了。"儿子把父亲的话牢记在心。一天,有客人到家问道:"令尊在家没有?"儿子回答道:"我不好说多,也不好说少;其实也有在家的,也有不在家的。"

母 猪 肉

【原文】

有卖猪母肉者,嘱其子讳之。已而买肉者至,子即谓曰:"我家并非母猪肉。"其人觉之,不买而去。父曰:"我已吩咐过,如何反先说起?"怒而挞之。少顷又一买者至,问曰:"此肉皮厚,莫非母猪肉乎?"子曰:"何如?难道这句话,也是我先说起的?"

【译文】

有个卖母猪肉的人,嘱咐儿子要避忌说是母猪肉。不久来了一个买肉的,儿子对那人说道:"我家卖的不是母猪肉。"买肉人一听此话便察觉了,不买走了。父亲十分生气说:"我已经嘱咐过你,为何反先提起?"接着揍了儿子一顿。不一会又来了一个买肉的问道:"此肉皮厚,怕是母猪肉吧?"儿子说:"怎么样?难道这句话,也是我先说起的?"

望 孙 出 气

【原文】

一不肖子常殴其父,父抱孙不离手,爱惜愈甚。人问之曰:"令郎不孝,你却钟爱令孙,何也?"答曰:"不为别的,要抱他大了,好替我出气。"

【译文】

　　有个人不孝，经常殴打自己的父亲，而他的父亲却抱孙子不离手，疼爱更甚。别人问道："你的儿子不孝，你却疼爱孙子，为什么？"老人回答说："不为别的，要抱他长大，好替我出气。"

买　酱　醋

【原文】

　　祖付孙钱二文买酱油醋，孙去而复回，问曰："哪个钱买酱油？哪个钱买醋？"祖曰："一个钱酱油，一个钱醋。随分买，何消问得？"去移时，又复转问曰："哪个碗盛酱油？哪个碗盛醋？"祖怒其痴呆，责之。适子进门，问以何故，祖告之，子遂自去其帽，揪发乱打，父曰："你敢是疯子！"子曰："我不是疯，你打得我的儿子，我难道打不得你的儿子！"

【译文】

　　有个老人给孙子二文钱让他买酱油醋，孙子去后又返回来，问道："哪个钱买酱油？哪个钱买醋？"爷爷说："一个钱买酱油，一个钱买醋。难道这还要问吗？"孙子走了不多时，再次返回来问道："哪个碗盛酱油？哪个碗盛醋？"爷爷一听，生气孙子太痴呆，便对孙子进行责罚。正巧赶上儿子进来，问是什么缘故，老人如实相告，儿子一听便脱掉帽子，揪住自己头发乱打，老人说："你难道是疯子吗？"儿子回答说："我不是疯子，你打得我的儿子，我难道打不得你的儿子？"

劈　柴

【原文】

　　父子同劈一柴，父执柯，误伤子指，子骂曰："老乌龟，汝眼瞎耶！"孙在旁见祖被骂，意甚不平，遂曰："狗日出的，父亲可是骂得的么！"

【译文】

　　父子二人同劈一根木头，父亲持斧子，误伤儿子手指，儿子骂道："老乌龟，你眼睛瞎了吗？"孙子在旁见爷爷被骂，甚感不平，于是喊道："狗日出来的，父亲难道是可以骂的吗？"

悟 到

【原文】

　　一富家儿不爱读书，父禁之。一日父潜伺窥其动静，见其子开卷吟哦，忽大声曰："我知之矣。"父意其有所得，乃喜而问曰："我儿理会了么？"子曰："书不可不看，我一向只道书是写成的，原来是刻板印就的。"

【译文】

　　有个富人的儿子不爱读书，富人硬把儿子禁闭在书房中。一天，富人窥视其动静，见儿子开卷吟诵，突然大叫道："我知道了。"富人认为儿子读书有所得，便十分高兴地问道："我儿读书收获不小吧？"儿子回答说："书不可不看，我过去一向认为书是写成的，原来是刻版印成的。"

藏 锄

【原文】

　　夫在田中耨耕，妻唤吃饭。夫乃高声应曰："待我藏好锄头便来也。"及归，妻戒夫曰："藏锄宜密，你既高声，岂不被人偷去。"因促之往看，锄果失矣。因急归，依声附其妻耳云："锄已被人偷去了。"

【译文】

　　丈夫在田间耕作，妻子招呼他吃饭，丈夫大声回答道："等我藏好锄头便来。"丈夫归来后，妻子告诫丈夫道："藏锄头应秘密进行，你高声叫喊，岂不要被别人偷去。"边说边催促丈夫去看，丈夫一看锄头果然丢失了。于是急忙返回，低声附在妻子耳边说："锄头已经被人偷去了。"

较 岁

【原文】

一人新育女，有以两岁儿来议亲者，其人怒曰："何得欺我，吾女一岁，他子两岁，若吾女十岁，渠儿二十岁矣。安得许此老婿。"妻谓夫曰："汝算差矣！吾女今年虽一岁，等以明年此时，便与彼儿同庚，如何不许？"

【译文】

有个人刚生下一个女儿，便有以两岁儿子来议亲的。那个人大怒说："为什么要欺辱我。我女儿一岁，他的儿子两岁；如果我女儿十岁时，那么他的儿子就二十岁了。怎能许配给如此老婿。"妻子对丈夫说："你算差了！我们女儿今年虽是一岁，但等到明年，便与他的儿子同岁，为什么不许。"

认 鞋

【原文】

一妇夜与邻人有私，夫适归，邻人逾窗而出。夫攫得一鞋，骂妻不已。因枕鞋而卧，谓妻曰："且待天明，认出此鞋，与汝算账。"妻乘其睡熟，以夫鞋易去之。夫晨起复骂，妻使认鞋，见是自己的，乃大悔曰："我错怪你了，原来昨夜跳窗的倒是我。"

【译文】

有个妇女夜里与邻居私通，丈夫正好回来，邻居跳窗跑走。丈夫夺取一只鞋，大骂妻子不已。丈夫枕着那只鞋躺下，对妻子说："等到天亮时，认出此鞋是谁的，再跟你算账。"妻子乘丈夫睡熟时，用丈夫的鞋子换去原来的鞋。丈夫早晨起来又骂，妻子让他认鞋，丈夫见是自己的，于是十分后悔地说："我错怪你了，原来昨天晚上跳窗的是我。"

杀　妻

【原文】

夫妻相骂，夫恨曰："臭娼妇，我明日做了皇帝，就杀你。"妇日夜忧泣不止。邻女解之曰："哪有此事，不要听他。"妇曰："我家这个臭乌龟倒从不说谎的，自养的儿女，前年说要卖，当真的旧年都卖去了。"

【译文】

有夫妻二人对骂，丈夫怨恨道："臭娼妇，我明日做了皇帝，就杀你。"妇人听了日夜忧伤哭泣不止，邻女规劝她说："哪里会有此事，不要听他的。"妇人说："我家这个臭乌龟倒是从不说谎的，自己亲生的儿女，前年说要卖，去年当真卖掉了。"

盗　牛

【原文】

有盗牛被枷者，亲友问曰："汝犯何罪至此？"盗牛者曰："偶在街上走过，见地下一条草绳，以为没用，误拾而归，故有此祸。"遇者曰："误拾草绳，有何罪犯？"盗牛者曰："因绳上还有一物。"人问何物，对曰："是一只小小耕牛。"

【译文】

有个人因为盗牛被带上木枷，亲友问他说："你犯了什么罪而被带枷？"盗牛人说："偶然在街上走过，见地下有一根草绳，以为没用，误捡回来，因此遭到此祸。"亲友说："误拾草绳，有何罪犯？"盗牛人回答说："因为绳子另一头拴有一物。"亲友问是何物，盗牛人回答说："是一头小小耕牛。"

籴 米

【原文】

有持银入市籴米,失叉袋于途,归谓妻曰:"今日市中闹甚,没了好些叉袋。"妻曰:"你的莫非也没了?"答曰:"随你好汉便怎么?"妻惊问:"银子何在?"答曰:"这倒没事,我紧紧拴好在衣袋角哩。"

【译文】

有个人拿着银子去买米,在路上丢了米袋,回家后对妻子说:"今天集市热闹非凡,有好多人丢了米袋。"妻子说:"你的莫非也丢了?"丈夫答道:"即使你是好汉就能不丢吗?"妻子大吃一惊,问道:"银子在哪?"丈夫回答说:"这倒没事,我把银子紧紧拴在米袋角上了。"

呆 算

【原文】

一人家费纯用纹银,或劝以倾销八九色杂用,当有便宜,其人取元宝一锭,托镕八成,或素知其呆也,止倾四十两付之,而利其余。其人问:"元宝五十两,为何反倾四十?"答曰:"五八得四十。"其人遽曰:"吾为公误矣,用此等银反无便益。"

【译文】

有个人家里支出全用纯银,银匠劝他把纯银熔铸成八成银,那样会有便宜。那人取出一锭元宝,让银匠熔为八成银。银匠平素知道他很呆,只用了四十两熔铸,其余的留了起来,铸后给了呆子。呆子问:"元宝五十两,为什么只熔铸四十?"银匠回答说:"五八得四十。"呆子于是说道:"我误听了你的话,原来用此等银子反无便宜。"

代 打

【原文】

有应受官责者,以银三钱雇邻人代往,其人得银,欣然愿替。既见官,官喝打三十,方受数杖,痛极,因私出所得银,尽贿行杖者,得稍从轻。其人出谢前人曰:"蒙公赐银救我性命,不然几乎打杀。"

【译文】

有个应受官府责罚的人,用三钱银子雇了一个邻居代替前往,邻居得到银子,欣然同意代替前往。等见到官员后,官员吆喝打三十大板,刚挨数杖,十分疼痛,于是偷偷拿出得到的三钱银子,全部贿赂给行杖的人,板子打得才轻了些。邻居挨打后出了官府对雇他的那个人说:"多亏你赐给我三钱银子,救了我的命,不然几乎被打死!"

七 月 儿

【原文】

有怀孕七个月,即产一儿者。其夫恐养不大,遇人即问。一日,与友谈及此事。友曰:"这个月无妨,我家祖亦是七个月出世的。"其人错愕,问曰:"若是这等说,令祖后来毕竟养得大否?"

【译文】

有个妇女怀孕七个月,就产下儿子。她的丈夫担忧儿子养不活,便遇到人就问。一天,与朋友谈到此事,朋友说:"七个月不必担忧,我爷爷也是七个月出世的。"那人十分惊诧,问道:"若是这样说,你爷爷后来养大了吗?"

试 试 看

【原文】

新妇与新郎无缘,临睡即踢打,不容近身。郎诉之父,父曰:"毕竟你有不是处,所以如此。"子曰:"若不信,今晚你去睡一夜试试看。"

【译文】

新妇与新郎无缘分,一到睡时就踢打,不让近身。新郎告诉了父亲,父亲说:"肯定你有不是的地方,所以才这样。"儿子说:"你若不信,今天晚上你睡一夜试试看。"

靠 父 膳

【原文】

一人廿岁生子,其子专靠父膳不能自立。一日算命云:"父寿八十,儿寿六十二。"其子大哭曰:"这两年叫我如何过得去。"

【译文】

有个人二十岁时生的儿子,其儿子成人后仍然靠父亲养活不能自立。一天算命先生对其父子说:"父亲寿命八十岁,儿子寿命六十二岁。"儿子听了大哭起来:"剩下的两年让我怎么活过去呢!"

觅 凳 脚

【原文】

乡间坐凳,多以现成树丫叉为脚者。一脚偶坏,主人命仆往山中觅取。仆持斧出,竟日空回,主人责之,答曰:"丫叉尽有,都是朝上生,没有向下生的。"

【译文】

　　乡间坐的凳子,大多是用现成的树叉做凳子腿。一天有条凳腿坏了,主人让仆人到山里去寻取。仆人拿着斧子走了,到了晚上空手而归。主人责备仆人,仆人回答说:"树叉极多,但都是朝上长的,没有朝下长的。"

访麦价

【原文】

　　一人命仆往枫桥打听麦价,仆至桥,闻有呼吃扯面者,以为不要钱的,连吃三碗径走,卖面者索钱不得,批其颊九下。急归谓主人曰:"麦价打听不出,面价吾已晓矣。"主问:"如何?"答曰:"扯面每碗要三个耳光。"

【译文】

　　有个人让仆人到风桥去打听麦子的价格,仆人到风桥后,听到有喊吃扯面的,以为不要钱,接连吃了三碗就要走,卖扯面的索要面钱没有得到,便打了他九个耳光。仆人急忙返回对主人说:"麦子的价格没有打听出来,但面价我已经晓得了。"主人问:"价格是多少?"仆人回答说:"扯面每碗要三个耳光。"

卧 睡

【原文】

　　一人睡在床上,仰面背痛,覆卧肚痛,侧困腰痛,坐起臀痛,百医无效,或劝其翻床。及翻动,见褥底铁秤锤一个垫在下面。

【译文】

　　有个人睡在床上，仰卧背痛，腹卧肚痛，侧躺腰痛，坐起屁股痛，求治数医无效。有人劝他翻翻床。待翻动床时，发现褥底下垫着一个秤砣。

懒　活

【原文】

　　有极懒者，卧而懒起，家人唤之吃饭，复懒应。良久，度其必饥，乃哀恳之，徐曰："懒吃得。"家人曰："不吃便死，如何使得？"复摇首慢应曰："我亦懒活矣。"

【译文】

　　有个极懒的人，躺着懒得起，家里的人招呼他吃饭，又懒得应声。过了好久，家里人揣度他一定饿了，便恳求他吃饭，懒人缓慢地说："懒得吃。"家里人说："不吃便要饿死，怎能使得！"懒人又摇头懒洋洋地答道："我也懒得活了。"

白　鼻　猫

【原文】

　　一人素性最懒，终日偃卧不起，每日三餐亦懒于动口，恹恹绝粒，竟至饿毙。冥王以其生前性懒，罚去变猫，懒者曰："身上毛片，愿求大王赏一全体黑身，单单留一白鼻，感恩实多。"王问何故，答曰："我做猫躲在黑地里，鼠见我白鼻，认作是块米糕，贪想偷吃，凑到嘴边，一口咬住，岂不省了无数气力。"

【译文】

　　有个人性情一向十分懒惰，整天睡卧不起，每日三餐也懒于动口，渐渐精神不振断绝了饭食，竟至饿死。冥王因他生前性情懒惰，罚其去变猫。懒人说："身上皮毛，愿求大王赏给一个全身黑色，唯独留一个白鼻子，我将十分感谢您。"冥王问其是何原因？懒人答道："我做猫躲在黑地里，老鼠见到我的白鼻子，以为是块米糕，便会贪想偷吃，待它们凑到嘴边时，我便可一口咬住，岂不省了许多力气。"

露 水 桌

【原文】

一人偶见露水桌子，因以指戏写谋篡字样，被一仇家见之，夺桌就走，往府首告。及官坐堂，露水已为日色曝干，字迹减去，官问何事，其人无可说得，慌禀曰："小人有桌子一堂，特把这张来看样，不知老爷要买否？"

【译文】

有一人碰巧见到带有露水的桌子，于是用手指开玩笑写了谋篡字样，被一仇人看见，仇人夺去桌子就跑，到官府告状。等到官员坐于堂上，露水已被日光晒干，字迹已无。官员问他有什么事情，那个人没有凭据可说，慌忙禀报说："小人有桌子一堂，特意把这张桌子拿来看样，不知老爷要买不？"

衣 软

【原文】

一乡人穿新浆布衣入城，因出门甚早，衣为露水飘湿。及至城中，怪其顷软。事毕出城，衣为日色曝干，又硬如故。归谓妻曰："莫说乡下人进城再硬不起来，连乡下人的衣服见了城里的衣服都会绵软起来。"

【译文】

有个农夫穿着新浆的衣服进城，因为出门太早，衣服被露水打湿，等到了城里，衣服绵软，十分惊疑。办完事从城里出来，衣服被日光晒干，又硬挺如前。农夫回到家后对妻子说："不要说乡下人进城硬不起来，就是乡下人的衣服见了城里的衣服都会绵软起来。"

椅桌受用

【原文】

乡民入城赴席，见椅桌多悬桌围座褥。归谓人曰："莫说城里人受用，连城里的椅桌都是极受用的。"人问其故，答曰："桌子穿了绣花裙，椅子都是穿销金背心的。"

【译文】

乡下人进城赴宴，见桌子有围布，椅子有座褥，回乡后对他人说："不用说城里人多么会享受，就是城里的桌椅都是极会享受的。"他人问其缘故，乡下人回答说："桌子穿了绣花裙，椅子都是穿烫金背心的。"

看 戏

【原文】

有演《琵琶记》者，而找《关公斩貂蝉》者。乡人见之泣曰："好个孝顺的媳妇辛苦了一生，竟被那红脸蛮子害了。"

【译文】

有个戏班子演完《琵琶记》后，又接着演《关公斩貂蝉》，乡下人看了哭泣说："好个孝顺的媳妇辛苦了一生，竟被那红脸蛮子害死了。"

演　　戏

【原文】

　　有演《琵琶记》者,找戏是《荆钗逼嫁》,忽有人叹曰:"戏不可不看,极是长学问的,今日方知蔡伯喈的母亲就是王十朋的丈母。"

【译文】

　　有个戏班子演完《琵琶记》后,接着又演《荆钗逼嫁》,忽然有人慨叹说:"戏不可不看,看戏是极长学问的,今天又晓得蔡伯喈的母亲就是王十朋的丈母。"

缓　　踱

【原文】

　　一人善踱,行步甚迟,日将晡矣,巡夜者于城外见之,问以何往,曰:"欲至府前。"巡夜者即指犯夜,擒捉送官。其人辩曰:"天色甚早,何为犯夜?"曰:"你如此踱法,踱至府前,极早也是二更了。"

【译文】

　　有个人好慢慢地走,行走极迟缓。日将黄昏,巡夜的人在城外看到那人行走甚慢,问他要到什么地方去,那人回答说:"要到官府前面。"巡夜的人立即指责他违犯了夜间禁止行走的规定,便捉拿他要送于官府。那人争辩说:"天色甚早,为什么说我违犯了夜规?"巡夜的人答道:"你这样慢慢地走法,等走到官府前面,最早也要到二更天了。"

出筈头

【原文】

有酷好乘马者,被人所欺,以五十金买驽马一匹,不堪鞭策,乃雇舟载马,而身跨其上。既行里许,嫌其迟慢,谓舟人曰:"我买酒请你,与我快些摇,我要出筈头哩。"

【译文】

有个酷爱乘马的人,被人欺骗,用五十两黄金买了一匹劣马。由于经不起劣马的折磨,于是雇了一只船载马,而自己骑在马上。走了约一里地后,该人嫌船行走迟缓,便对划船的人说道:"你给我快摇些,我买酒请你喝,我已经要长出筈头了!"

藏 年

【原文】

一人娶一老妻,坐床时,见面多皱纹,因问曰:"汝有多少年纪?"妇曰:"四十五六。"夫曰:"婚书上写三十八岁,依我看来还不止四十五六,可实对我说。"曰:"实五十四岁矣。"夫复再三诘之,只以前言对。上床后更不过心,乃巧生一计,曰:"我要起来盖盐瓮,不然被老鼠吃去矣。"妇曰:"倒好笑,我活了六十八岁,并不闻老鼠会偷盐吃。"

【译文】

有一个人娶了一个老婆娘,坐床的时候,见她满脸皱纹,就问她:"你有多大年纪?"答:"四十五六。"丈夫说:"婚书上写的三十八岁。依我看,还不止四十五六,你说实话,是多大?"答:"实际上五十四岁了。"丈夫仍然不信,再三盘问,仍然以前言答复。上床后,更不放心,就巧生一计说:"我要起去盖盐罐，不然被老鼠吃去了。"妇人说："真是笑死人，我活了六十八岁，还没有听说老鼠会偷盐吃。"

鹰　啄

【原文】

　　一母生一子一女，而女尤钟爱。及遣嫁后，思念不已，谓其子曰："人家再不要养女儿，养得这般长成，就如被饿老鹰轻轻一爪便抓去了。"子曰："阿姆，阿姆，他们如今正在那里啄着哩。"

【译文】

　　有一个母亲，生了一儿一女，她对女儿尤为喜爱，到嫁了之后，经常思念，对儿子说："一个人再不要生女儿，等到长大成人就好像被饿老鹰轻轻一爪便就抓去了。"儿子说："妈妈，他们现在正在那里啄着呢。"

抢　婚

【原文】

　　有婚家女富男贫，男家虑其赖婚，率领众人抢亲，误背小姨以出。女家急呼曰："抢差了！"小姨在背上曰："不差不差，快走上些，莫信他哄你哩。"

【译文】

　　有对欲嫁娶的人家女富男贫，男家怕女家赖婚，率领众人抢亲，误将小姨子背出。女家人急忙呼喊："抢差了！"小姨子在背上说："不差不差，快些跑，不要信，他们哄骗你们哩！"

两 坦

【原文】

有一女择配,适两家并求,东家郎丑而富,西家郎美而贫。父母问其欲适谁家。女曰:"两坦。"问其故,答曰:"我爱在东家吃饭,西家去眠。"

【译文】

有个女人选择婚配,正赶上两家求婚,东家郎貌丑而富有,西家郎貌美而贫穷。父母问女儿打算嫁给哪一家,女子回答说:"两家都愿意。"问其缘故,女子回答说:"我爱在东家吃饭,西家去睡眠。"

谢 周 公

【原文】

一女初嫁,哭问嫂曰:"此礼何人所制?"嫂曰:"周公。"女将周公大骂不已。及满月归宁,问嫂曰:"周公何在?"嫂云:"他是古人,寻他做甚?"女曰:"我要做双鞋谢谢他。"

【译文】

有个女子初嫁,哭着问嫂子道:"此礼是什么人制定的?"嫂子回答说:"是周公。"女子听后大骂周公不止。等到度完蜜月回到娘家,女子问嫂子说:"周公在哪里?"嫂子说:"他是古人,找他做什么?"女子回答说:"我要做双鞋谢谢他。"

舌 头 甜

【原文】

　　新婚夜,送亲席散。次日,厨司捡点桌面,不见一顶糖人,各处查问,新人忽大笑不止。喜娘在旁,问笑甚么,女答曰:"怪不得昨夜一个人舌头是甜津津的。"

【译文】

　　新婚夜,送亲的宴席散去。第二天,厨师收拾查点桌面,发现没了一顶糖人,便到处查询,新郎突然大笑不止。喜娘在旁问笑什么?新娘答道:"怪不得昨夜一个人的舌头是甜滋滋的。"

大　话

【原文】

　　一女出嫁坐床,掌礼撒帐云:"撒帐东,官人棒子好撞钟。"女忙接口云:"弗怕。"喜嬷曰:"新娘子不宜如此口快。"新妇曰:"不是我也不说,才得进门,可恶他就把这大话来吓我。"

【译文】

　　有个女子出嫁时坐在床沿,司仪撒帐(旧时婚礼,新夫妇交拜时,妇女各以金钱彩果散掷,叫"撒帐")说:"撒帐东,官人棒子好撞钟。"新娘忙接口道:"不怕。"喜娘说:"新娘子不宜如此口快。"新娘说:"不然我也不说,因为我刚刚进门,厌恶他用大话来吓唬我。"

日　进

【原文】

老年娶妾，欲结其欢心，说某处有田地若干，房屋若干，妾曰："这都不在我心上。从来说家财万贯，不如日进分文的好。"

【译文】

有个老头娶了一妾，老头想让妾高兴，便说某处有田地若干，房屋若干，妾回答说："这都不是我所关心的，从来说家财万贯，不如日进分文的好。"

开　路　神

【原文】

金刚遇开路神，羡之曰："你我一般长大，我怎如你着好吃好。"开路神曰："阿哥不知，我只图得些口腹耳。若论穿着，全然不济，剥去一层遮羞皮，浑身都是篾片了。"

【译文】

金刚神遇到开路神，羡慕地说："你我大小一样，我却不如你穿得好吃得好。"开路神回答说："阿哥您不知道，我只图得到一些口福罢了，如果论穿着，全然不怎么样，剥去一层遮羞皮，浑身都是篾片（薄竹片）了。"

焦　面　鬼

【原文】

一帮闲途遇人家出丧，前有焦面鬼王，以为大老官人也，礼拜甚恭。少顷，大雨如注，而鬼身上纸衣被雨濯去。闲汉曰："白日见鬼，我只道是大老官，却原来也是个篾片。"

【译文】

有个帮闲的人路上遇到一人家出丧，前面有焦面鬼王，以为是大老官人（做官的人），因此对其礼拜十分谦恭。不一会，下起雨来，雨大如注，焦面鬼身上的纸衣被雨浇掉，那个闲汉说："白天见鬼，我只道是大老官，原来却也是个篾片。"

咽　糠

【原文】

一闲汉咽糠而出，忽遇大老官，留家早饭，答曰："适间用狗肉过饱，饭是吃不下了，有酒饮几杯。"既饮，忽吐而糠出焉。主见惊问曰："你说吃了狗肉，为何吐此？"其人睨视良久曰："咦，我自吃的狗肉，想必狗曾吃糠来。"

【译文】

有个闲汉吃糠后出外，突然遇到大老官（做官的人，也称普通的男子），大老官留闲汉在家吃早饭。闲汉回答说："刚才过于饱食狗肉，饭是吃不下了，有酒倒可喝几杯。"喝酒之后突然呕吐，糠被吐了出来。主人见此吃惊地问道："你说吃了狗肉，为何吐出糠来？"闲汉睨视许久回答道："咦，我自己吃的是狗肉，想必狗曾经吃糠来。"

望　烟　囱

【原文】

富儿才当饮啖，闲汉毕集。因问曰："我这里每到饭享，列位便来，就一刻也不差，却是何故？"诸闲汉曰："遥望烟囱内烟出，即知做饭，熄则熟矣，如何得错。"富儿曰："我明日买个行灶来煮，且看你们望甚么。"众曰："你若用了行灶，我等也不来了。"

【译文】

　　有个富人刚要吃喝，一帮闲汉便云集赶来。富人于是问道："我这里每到饭熟，诸位便来，一刻也不差，这是什么缘故？"诸闲汉回答说："遥望烟囱，见里边冒烟出来，便知道做饭了，等烟没了，饭就熟了，怎么能有差错呢？"富人说："我明天买个行灶来煮饭，看你们还望什么？"众闲汉回答说："你如果用了行灶，我们也不来了。"

老　白　相

【原文】

　　荒岁闲汉无处活口，值官府于玄妙观施粥。闲汉私议曰："我等平昔鲜衣美食，今往吃粥，必贻人笑矣。"俄延久之，无奈腹中饿甚。曰："姑待众饥民吃过，尾其后可也。"望人散之后而往，则粥已尽矣，乃以指拉食釜杓间余粥。道士见而问之，答曰："我等原是捞（音'老'）白相公耳。"

【译文】

　　荒年闲汉没处吃饭，正好官府在玄妙观施舍米粥。闲汉们暗地里商议说："我们平日穿好吃好，今天到那里吃粥，必让人耻笑。"过了半天，无奈肚子十分饥饿，说："姑且等众饥民吃过，尾随在他们后面吧。"闲汉们望见众饥民散去之后前往，可是粥已没了，便用手指抠锅勺里的剩粥。道士看见后问他们干什么的，闲汉们回答道："我们原是捞（老）白相公。"

借 脑 子

【原文】

苏州人极奉承大老官。平日常谓主人曰:"要小子替死,亦所甘心。"一日主病,医曰:"病入膏肓,非药石所能治疗,必得生人脑髓配药,方可救得。"遍索无有。忽省悟曰:"某人平日常自谓肯替死,岂吝惜一脑乎?"即呼之至,告以故。乃大惊曰:"阿呀,使勿得,吾里苏州人,从来无脑子个。"

【译文】

有个苏州人极好奉承主人,平日经常对主人讲:"如果让我替死,也心甘情愿。"有一天,主人得了重病,医生说:"病入膏肓,不是常药所能治疗的,必须找得到活人脑髓配药,才能治好。"主人派人到处寻找也没有,突然省悟道:"某人平日经常说肯替我死,难道吝惜一个脑子吗?"随即把那人招呼来,告诉他借脑配药。那人十分惊恐地说:"啊呀,使不得,我们苏州人,从来是没有脑子的。"

曲 蟮

【原文】

帮闲者自夸技能曰:"我件件俱精,天下无比。"一人曰:"只有一物最像。"问是何物,答曰:"曲蟮。"问何以像他,曰:"杀之无血,剐之无肉,要长就长,要短就短,又会唱曲,又会呵脬。"

【译文】

有个帮闲的人自我吹嘘其技能道:"我事事俱精,天下无比。"某人对他说:"只有一物最像你。"那人问是何物,某人回答说:"曲蟮。"那人问为何说曲蟮像他，某人回答说："杀之无血，剐之无肉，要长就长，要短就短，又会唱曲，又会呵脬。"

件件熟

【原文】

　　帮闲人除夜与妻同饭。忽然笑曰："我想一生止受用得个'熟'字。你看大老官，哪个不熟；私窠小娘，哪个不熟；游船上，哪个不熟；戏子歌童，哪个不熟；箫管唱曲的，哪个不熟。"说未毕，妻忽大恸。其人问故，曰："天杀的，你既件件皆熟，如何我这件过年布衫，偏不替我赎（音同'熟'）。"

【译文】

　　有个帮闲的人除夕之夜和妻子一起吃饭。忽然笑道："我想自己这辈子只是受用得一个'熟'字。你看大老官，我哪个不熟；私窠小娘，我哪个不熟；游船上的人，我哪个不熟；戏子歌童，我哪个不熟；箫管唱曲的，我哪个不熟。"未等那人说完，妻子突然大哭。那人问妻子为何大哭，妻子说："该死的，你既然件件事情都熟，为何我那件过年的布衫，偏不替我赎（熟）。"

活千年

【原文】

　　一门客谓贵人曰："昨夜梦公活了一千年。"贵人曰："梦生得死，莫非不祥么？"其人速转口曰："啐，我说差了，正是梦公死了一千年。"

【译文】

　　有个门客对贵人（旧指地位显贵的人）说："我昨天晚上梦见你活了一千年。"贵人说："梦生得死，莫非是不祥之兆吧？"门客急忙改口道："唉，我说差了，正是梦见您死了一千年。"

撞　席

【原文】

老鼠与獭结交。鼠先请獭，獭答席，邀鼠过河，暂住觅食。忽一猫见之欲捕，鼠慌曰："请我的倒不见，吃我的倒来了。"

【译文】

老鼠与獭结交。老鼠先请獭赴宴，之后獭答谢请老鼠赴宴，邀请老鼠过河，獭暂时去寻觅食物。突然一只猫看见老鼠并准备要捕食它，老鼠十分慌恐，说："请我的看不见，吃我的倒来了。"

泥　高　壁

【原文】

燕子衔泥做巢，搬取蚯蚓上面土。蚓愤极曰："你要泥高顶壁，为何把我来晦气？"燕子云："我专怪你呵人家卵脬。"

【译文】

燕子衔泥做窠，搬取蚯蚓上面的土。蚯蚓十分愤怒，说："你要用泥筑高顶壁，为何衔我上面的泥土，让我晦气？"燕子回答道："我专怪你呵人家卵脬。"

争　座

【原文】

鼻与眉争座位。鼻曰："一切香臭，皆我先知，我之功大矣。汝属无用之物，何功之有，辄敢位居我上？"眉曰："是则然矣。假如鼻头坐上位，世上有此理否？"

【译文】

鼻子与眉毛争座位。鼻子说："一切香臭，都是我先知道，我的功劳大，你属于无用之物，何功之有，竟然敢位居我上？"眉毛回答道："这是必然的，假如鼻头坐在我上面，难道世间会有这样的事理吗？"

婢 子

【原文】

有婢生子。既长，或问其号，子谦逊久之，乃曰："贱号小梅。"问："尊公称号何梅？"答曰："非也，乃家母名腊梅耳。"

【译文】

有个婢女生了儿子，长大后，有人问他称号，儿子谦逊许久，回答道："贱号小梅。"那人又问："你父亲称号是何梅？"儿子回答道："不对，是我母亲名叫腊梅。"

屁 股 痛

【原文】

麻苍蝇与青苍蝇结为兄弟。青蝇引麻蝇到一酒席上，麻蝇恣意饮啖，被小厮拿住。将竹签插入屁股，递灯草与他使棍，半日才得脱身。遇着青蝇泣诉曰："承你挈带，吃倒尽有，只是屁股有些痛。"

【译文】

麻苍蝇与青苍蝇结为兄弟。青苍蝇带麻苍蝇到一酒席上，麻苍蝇尽情吃喝，被一个小厮捉住，将竹签插入麻苍蝇屁股，任意耍弄，半日才得逃脱。麻苍蝇遇到青苍蝇哭泣道："承你携带，吃喝倒是应有尽有，只是屁股有些痛。"

梦 里 梦

【原文】

妓与客久别复会,各道相思。妓云:"我无夜不梦见你同食、同眠、同游戏,乃是积想所致。"客曰:"我亦梦之。"妓问曰:"梦怎的?"客曰:"我梦见你不梦见我。"

【译文】

妓女与嫖客久别后相会,各自述说相思之情。妓女说:"我没有一夜不梦见与你同食、同睡、同游戏,这是积想所致。"嫖客说:"我也梦见你。"妓女问道:"怎样梦的?"嫖客说:"我梦见你没有梦见我。"

年 倒 缩

【原文】

一商人嫖妓,问其青春几何,妓曰:"十八岁。"越数年,商人生意折本,仍过其家,妓忘之。问其年,则曰:"十七。"又过数年,入其家问之,则曰:"十六。"商人忽涕泣不止,妓问何故,曰:"你的年纪,倒与我的本钱一般,渐渐的缩小了,想到此处,能不令人伤心。"

【译文】

有个商人嫖妓女,问其年龄多大,妓女说:"十八岁。"过了数年,商人生意亏本,路过妓院遇到那个妓女,妓女已经忘记他了。商人问妓女年岁,妓女回答说:"十七。"又过了数年,商人来到妓院,问那个妓女多大年数,妓女回答说:"十六。"突然,商人涕哭不止,妓女问其何故,商人说:"你的年纪,与我的本钱一样,渐渐地缩小了,想到这里,能不令人伤心吗?"

追度牒

【原文】

一乡官游寺，问和尚吃荤否，曰："不甚吃，但逢饮酒时略用些。"曰："然则汝又饮酒乎？"曰："不甚吃，但逢家岳妻舅来，略陪些。"乡官怒曰："汝又有妻，全不像出家人的戒行，明日当对县官说，追你度牒。"僧曰："不劳费心，三年前贼情事发，早已追去了。"

【译文】

有个乡官游览寺庙，问和尚是否吃荤，和尚答："不常吃，只逢饮酒时吃一些。"乡官说："那么你又饮酒了？"和尚答："不经常喝，只逢岳父、妻舅来，陪他们喝一些。"乡官听了大怒道："你又有妻子，完全不像出家人的戒行。明天要对县官说，追回你的度牒。"和尚回答道："不必劳你费心了，三年前我行窃之事败露，早已追回去了。"

注度牒：中国封建时代度僧（即准许出家）归政府掌管，经审查合格得度后，政府所发给的证明文件，称为"度牒"。

掠缘簿

【原文】

和尚做功德回，遇虎惧甚，以铙钹一片击之，复至再投一片，亦如之。乃以经卷掠去，虎急走归穴。穴中母虎问故，答曰："适遇一和尚无礼，只扰得他两片薄脆，就掠一本缘簿过来，不得不跑。"

【译文】

有个和尚做功德（诵经念佛布施等）回来，路上遇到老虎，十分害怕，用铙钹（击乐器）一片打虎，老虎躲后又回来，和尚又投一片，老虎躲开又回来，于是和尚把经卷向老虎撒去，老虎急忙跑回洞里，洞里母老虎问其为何慌乱跑回洞里。老虎回答说："刚才遇到一个和尚无礼，刚撇了两片薄脆，就投过来一本化缘簿，不得不跑。"

鬼王撒尿

【原文】

大族出丧，路遇大雨。女眷人等，避于路旁檐下。和尚没处存身，暂躲开路神腹内。少顷，一僧从神腰里伸头探望，看雨住否，诸女眷惊曰："我们回避，开路神要撒尿哩。"

【译文】

有个大族人家出丧，路遇大雨。女家眷等人，躲避在路旁庙檐下。和尚没处存身，暂时躲藏在开路神腹内。不一会，一个和尚从开路神腰里伸出头来探望，看雨停了没有，众女家眷吃惊地说："我们赶快回避，开路神要撒尿哩！"

发往丰都

【原文】

有素不信佛事者，死后坐罪甚重。乃倾其实资，延请僧鬼作功果，遍觅不得。问人曰："此间固无僧乎？"曰："来是来得多，都发往丰都了。"

【译文】

有个一向不信佛的人，死后阎王给他判了极重的罪。那人拿出家中所有资财，聘请僧鬼为他诵经念佛以求有个好托生，到处寻找也没找到，便向人打听："这里原本就没有和尚吗？"回答说："来是来了很多，但都发往丰都（迷信传说指阴间）了。"

忏　悔

【原文】

　　孝子忏悔亡父,僧诵《谱天咒》,至南无佛佗耶句,孝子喜曰:"正愁我爷难过奈何桥,多承佗过了。"乃出金劳之。僧曰:"若肯从重布施,连你娘等我也佗了去罢。"

【译文】

　　有个孝子向死去的父亲忏悔,请和尚念诵《谱天咒》以超生,念诵到"南无佛佗耶"句时,孝子高兴地说:"正愁我爹难过奈何桥,承蒙你给驮过去了。"接着,孝子拿出钱慰劳和尚。和尚说:"你如果肯献出更多的钱,连你娘等人我也驮过去。"

追　荐

【原文】

　　一僧追荐亡人,需银三钱,包送西方。有妇超度其夫者,送以低银。僧遂念往东方,妇不悦,以低银对,即算补之,改念西方。妇哭曰:"我的天,只为几分银子,累你跑到东又跑到西,好不苦呀。"

【译文】

　　有个和尚追荐死了的人,须收三钱银,保证将死者送至西方。有个妇女超度(僧、玄、道士为人诵经拜忏,说是可以救亡者超越苦难)丈夫,但送给和尚的银钱不够,和尚于是念往东方。妇女不高兴,问和尚为何念往东方,和尚回答说给的银钱不够,妇女立即补足了银钱,之后和尚改念西方。妇女大哭说:"我的天,只因为几分银子,累你跑向东又跑向西,好不苦呀。"

哭 响 屁

【原文】

一人以幼子命犯孤宿,乃送出家。僧设酒款待,子偶撒一屁甚响,父不觉大恸。僧曰:"撒屁乃是常事,何以发悲?"父曰:"我想小儿此后要撒这个响屁,再不能够了。"

【译文】

有个人因为小儿命犯孤宿,因而送儿子出家。和尚设酒款待,小儿偶然放了一个响屁,父亲不由得十分悲哀。和尚说:"放屁乃是常事,为何要悲哀呢?"父亲说:"我想小儿从今以后要放这个响屁,再不能够了。"

闻 香 袋

【原文】

一僧每进房,辄闭门口呼亲肉心肝不置。众徒俟其出,启镉觑之,无他物,惟席下一香囊耳。众疑此有来历,乃去香,实以鸡粪。僧既归,仍闭门取香囊,且嗅且唤曰:"亲肉心肝呀,你怎么这等臭,莫非撒了一屁么?"

【译文】

有个和尚每次进到卧室,总是关上门口喊亲肉心肝不停。徒弟们趁他外出,想要捉弄他。可是寻遍了他的卧室,也没发现任何可疑的东西,只有席子下有个香囊。徒弟们怀疑这个香囊有其特殊来历,于是去掉香粉,塞进鸡粪。和尚回来后,仍然关上门取出香囊,一边闻一边呼唤道:"亲肉心肝呀,你怎么这样臭,难道是放了一屁吗?"

桩　　粪

【原文】

有买粪于寺者，道人索倍价，乡人讶之。道人曰："此粪与他处不同，尽是师父们桩实落的，泡开来一担便有两担。"

【译文】

有个乡民向寺庙买粪，道士索要双倍的价钱，乡民十分惊讶。道士说："此粪与其他地方的不同，都是师父们桩实落的，泡开来一担便是两担。"

上　下　光

【原文】

师号光明，徒号明光。客问："贤师徒法号如何分别？"徒答曰："上头光是家师，下头光即是小僧。"

【译文】

师父法号光明，徒弟法号明光。客人询问："贤师、贤徒怎么分别？"徒弟回答说："上头光是家师，下头光就是小僧。"

卖　　字

【原文】

一妇游虎丘，手持素扇。山上有卖字者，每字索钱一文。妇止带有十八文求写，卖写者题曰："美貌一佳人，胭脂点嘴唇，好像观音样，少净瓶。"子持扇，为馆师见之，问此扇何来，子述以故。师曰："被他取笑了。"因取钱十七文，看他如何写法。卖者即书云："聪明一秀才，文章滚出来，一日宗师到，直呆。"生取扇，含怒下山，途遇一僧，询知其故。僧曰："待小僧去难他。"遂携十六文以往。写者题曰："伶俐一和尚，好像如来样，睡到五更头，硬。"僧曰："足韵不雅，补钱四文，求你换过。"卖字曰："既写，如何抹去，不若与你添上罢。"援笔写曰："硬到大天亮。"

【译文】

　　有个妇女游览虎丘，手拿丝绸扇子。山上有个卖字的，每题一字要钱一文。妇女只带有十八文钱让其题字，卖字的题字道："美貌一佳人，胭脂点嘴唇，好像观音样，少净瓶。"妇女拿着扇子，被教书先生看见了，询问此扇来历，妇女把题字经过告诉了他。教书先生说："被他取笑了。"于是拿钱十七文，试看卖字的如何题字。卖字的马上写道："聪明一秀才，文章滚出来，一日宗师到，直呆。"教书先生拿着扇子含怒下山，途中遇到一个和尚，和尚询问后知道了教书先生恼怒的缘故。和尚说："等小僧我去难他。"于是携带十六文前往。卖字的写道："伶俐一和尚，好像如来样，睡到五更头，硬。"和尚说："尾韵不雅，补交四文钱，求你更换一下。"卖字的说："已经写定了，怎好抹去，不如给你添上吧。"随即操起笔来写道："硬到大天亮。"

没 骨 头

【原文】

　　秀才、道士、和尚三人，同船过渡。舟人解缆稍迟，众怒骂曰："狗骨头，如何这等怠慢。"舟人怒气渡众，下船撑到河中，停篙问曰："你们适才骂我狗骨头，汝秀才是甚骨头？讲得有理，饶汝性命，不然推下水去！"士曰："我读书人攀龙附凤，自然是龙骨头。"次问道士，乃曰："我们出家人，仙风道骨，自然是神仙骨头。"和尚无可说得，乃慌哀告曰："乞求饶恕，我这秃子，从来是没骨头的。"

【译文】

秀才、道士、和尚三人同乘一船过河。艄公解缆绳稍微有些迟缓，三人大怒，骂道："狗骨头，为何这样怠慢。"艄公听了十分恼怒，忍气摆渡。撑到河中时，停船问道："你们刚才骂我狗骨头，你秀才是什么骨头？如讲得有理，饶你们的性命，否则推下水去！"秀才说："我读书人攀龙附凤，自然是龙骨头。"艄公又问道士，道士说："我们出家人，仙风道骨，自然是神仙骨头。"和尚没有什么可说，便慌恐哀求道："乞求饶恕，我这秃子，从来是没有骨头的。"

倒　　挂

【原文】

一士问僧云："你看我腹中是甚么？"僧曰："相公自然满腹文章在内。"士曰："非也。"曰："然则是五脏六腑乎？"士曰："亦非也。"僧问何物，曰："一肚皮和尚。若不信，现有一光头挂在外面。"

【译文】

有一人问和尚："你看我腹中是什么？"和尚答："相公您自然是满腹文章在内。"那人说："不对。"和尚说："那么是五脏六腑了？"那人说："也不对。"和尚问那人到底是什么东西，那人回答说："是一肚皮和尚，如果不信，现有一光头挂在外面。"

僧　　浴

【原文】

见道家洗浴，先请师太，次师公，后师父，挨次而行，毫不紊乱。因感慨自叹曰："独我僧家全无规矩。老和尚不曾下去，小和尚先脱得精光了。"

【译文】

和尚见道家洗澡,先请师祖,次请师爷,再请师父,逐次进行,毫不紊乱,于是感慨自叹道:"唯我佛家全无规矩,老和尚还未下去,小和尚却先脱得精光了。"

问　秃

【原文】

一秀才问僧人曰:"秃字如何写?"僧曰:"不过秀才的尾巴弯过来就是。"

【译文】

有个秀才问和尚道:"秃字怎么写?"和尚回答道:"只不过秀才的尾巴弯过来就是了。"

当 真 取 笑

【原文】

和尚途行,一小厮叫曰:"和尚和尚,光头浪荡。"僧怒云:"一个筋头翻在你娘肚上。"妇怒曰:"我家小厮,不过作耍,为何出此粗言?"僧曰:"娘娘,难道小僧当真,何须着急?"

【译文】

有个和尚在路上走,一个小孩喊道:"和尚和尚,光头浪荡。"和尚听了大怒道:"一个筋斗,翻在你娘肚子上。"小孩的母亲听了发怒说:"我家小孩,不过是开玩笑,你为何出此粗言?"和尚回答说:"娘娘,难道小僧我说的是真,何须着急?"

道 士 狗 养

【原文】

猪栏内忽产下一狗,事属甚奇。邻里环聚议曰:"道是('士'同音)狗养的,又是猪的种;道是(士)猪养的,又是狗的种。"

【译文】

猪栏突然产下一狗崽,实属奇怪事。邻居们围在一起议论说:"道是(士)狗养的,又是猪的种;道是(士)猪养的,又是狗的种。"

跳　墙

【原文】

一和尚偷妇人,为女夫追逐,既跳墙,复倒坠,见地下有光头痕,遂捏拳即指痕土上如冠子样,曰:"不怕道士不承认。"

【译文】

有个和尚偷戏一妇女,被妇女的丈夫追赶,和尚跳墙倒栽下去,在地上留下光头痕迹,于是和尚握着拳头在地上压出了一个帽子形状,说:"不怕道士不承认。"

驱　蚊

【原文】

一道士自夸法术高强,撇得好驱蚊符。或请得以贴室中。至夜蚊虫愈多,往咎道士。道士曰:"吾试往观之。"见所贴符曰："原来用得不如法耳。"问："如何用法？"曰："每夜赶好蚊虫，须贴在帐子里面。"

【译文】

有个道士自夸法术高明，强人一筹，做得一手好驱蚊符。有人求他做了一驱蚊符，贴在卧室里。到了晚上蚊虫更多，那人到道士那里责怪。道士说："待我去看看。"道士见了那人所贴的驱蚊符说："原来是用得不合方法的缘故。"那人问："那该怎么个用法？"道士说："每天晚上赶好蚊虫，必须将驱蚊符贴在蚊帐里面。"

谢　　符

【原文】

一道士过王府墓，为鬼所迷，赖行人救之，扶以归。道士曰："感君相救，无物可酬，有避邪符一道，聊以奉谢。"

【译文】

有个道士碰到王府的墓地，被鬼所迷，凭借过路人相救，扶他回来。道士说："感谢你相救，没什么东西可以酬谢，只有避邪符一道送给你，略表谢意。"

开　　当

【原文】

有慕开典铺者，谋之人曰："需本几何？"曰："大典万金，小者亦需千计。"其人大骇而去。更请一人问，曰："百金开一钱当亦可。"又辞去。最后一人曰："开典如何要本钱，只须店柜一张，当票数纸足矣。"此人乃欣然择期开典。至日，有持物来当者，验物收讫，填空票付之。当者索银，答曰："省得称来称去，费坏许多手脚，待你取赎时，只将利银来交便了。"

【译文】

　　有个人十分羡慕开当铺,向人询问道:"开当铺需要多少本钱?"回答说:"大的当铺需用钱一万,小当铺也须几千。"此人十分害怕便走了。又向一人询问,回答说:"一百块钱开一当铺也可以。"那人又走了。最后有个人对他说:"开当铺如何需要本钱,只须一张柜子,数张当票就够了。"此人于是欣然选择日期开起当铺。到了开当的那一天,有拿东西来当的,此人验收完了填了一张当票交给来当的人。来人索要当钱,此人回答说:"省得交来交去,费了许多手续,等你赎回当物时,只将利钱交上就行了。"

请　　神

【原文】

　　一吝者,家有祷事,命道士请神,乃通诚请两京神道。主人曰:"如何请这远的?"道士答曰:"近处都晓得你的情性,说请他,他也不信。"

【译文】

　　有个吝啬鬼,家遇祈祷之事,让道士请神驱邪,道士恳请两京神道。主人说:"为何请远的?"道士回答说:"近处的神都晓得你的秉性,说请他,他也不信。"

好　放　债

【原文】

　　一人好放债。家已贫矣,止余斗粟,仍谋煮粥放之。人问曰:"如何起利?"答曰:"讨饭。"

【译文】

有个人好放债,家里已穷了,只剩斗米,仍计划煮粥放债。别人问他:"怎样收取利息?"那人回答说:"讨饭。"

大 东 道

【原文】

好善者曰:"闻当日佛好慈悲,曾割肉喂鹰,投崖喂虎,我欲效之,但鹰在天上,虎在山中,身上有肉,不能使啖。夏天蚊子甚多,不如舍身斋了蚊罢。"乃不挂帐,以血饲蚊。佛欲试其虔诚,变一虎啖之,其人大叫曰:"小意思吃些则可,若认真这样大东道,如何当得起。"

【译文】

有个好行善的人说:"听说佛祖慈悲好行善,曾经割自己的肉喂老鹰,并投下悬崖喂老虎。我要仿效他,但老鹰在天上,老虎在深山里,我身上的肉他们吃不到。夏天蚊虫极多,不如舍身斋济蚊虫算了。"于是不再挂蚊帐,以血喂蚊虫。佛祖想要试验他是否虔诚,变作一只老虎来吃他,那人大叫道:"小意思吃点倒可以,但如果真的来了这样一个大吃客,叫我如何担当得起。"

命 穷

【原文】

乡下亲家新制佳酿,城里亲家慕而访之,冀其留饮。适亲家往外,亲母命子款待,权为荒榻留宿。其亲母卧房止隔一壁,亲家因未得好酒到口,方在懊闷,值亲母桶上撒尿,恐声响不雅,努力将臀夹紧,徐徐滴沥而下。亲家听见,私自喜曰:"原来才在里面滴酒哩,想明早得尝其味矣。"亲母闻音,不觉失笑,下边松动,尿声急大,亲家拍掌叹息曰:"真是命穷,可惜滤酒榨袋又撑破了。"

【译文】

乡下亲家新酿了好酒,城里亲家听说后去拜访,希望能留下饮酒。恰巧乡下亲家外出了,亲家母让儿子招待,勉强留他在破屋子里住宿。亲家母卧室与他只隔一壁。亲家因为没喝到好酒,正在烦恼,恰巧亲家母在桶上撒尿,因恐声响不雅,便尽力把屁股夹紧,尿徐徐滴沥而下。亲家听见了,暗自高兴地说:"原来刚刚在里面滤酒哩,想明早可以尝到酒味了。"亲家母听到他说的话,不由得失笑,下边松动,尿声且急又大,亲家拍掌叹息道:"真是没有好命,可惜滤酒的袋子又撑破了。"

兄弟种田

【原文】

有兄弟合种田者,禾既熟,议分。兄谓弟曰:"我取上半截,你取下半截。"弟讶其不平,兄曰:"不难,待明年,你取上,我取下,可也。"至次年,弟催兄下谷种,兄曰:"我今年意欲种芋头哩。"

【译文】

有兄弟俩合伙种田,庄稼已经成熟,二人商议如何分配。哥哥对弟弟说:"我要上半截,你要下半截。"弟弟听了十分吃惊,认为不公,哥哥回答说:"这好办,等到明年,你要上半截,我要下半截。"弟弟同意了。到了第二年春天,弟弟催促哥哥播种,哥哥说:"我今年打算要种芋头哩。"

合伙做酒

【原文】

甲乙谋合本做酒,甲谓乙曰:"汝出米,我出水。"乙曰:"米若我的,如何算账。"甲曰:"我决不亏心,到酒熟时只还我这些水罢了,其余多是你的。"

【译文】

　　甲乙两人商议合伙酿酒，甲对乙说："你出米，我出水。"乙说："米如果我出，最后如何算账？"甲说："我决不占你的便宜，到酿好酒时，只把水还给我，其余的全都归你。"

翻　　脸

【原文】

　　穷人暑月无帐，复惜蚊烟费，忍热拥被而卧。蚊啮其面，邻家有一鬼脸借而带之。蚊口不能入，谓曰："汝不过惜一文钱耳，如何便翻了脸？"

【译文】

　　有个穷人暑天没有蚊帐，又吝惜点蚊香觉得太浪费，忍耐暑热盖被而睡。蚊子叮咬他的脸，于是，他向邻居借来一个鬼脸带在脸上。蚊子咬不着他的脸，说道："你不过吝惜一文钱罢了，为何便翻了脸？"

画　　像

【原文】

　　一人要写行乐图，连纸笔颜料，共送银二分。画者乃用水墨在荆川纸上画出一背，人见大怒曰："写真全在容颜，如何写背？"画者曰："我劝你莫把面孔见人罢。"

【译文】

　　有个人请画师画一幅行乐图，连同纸笔颜料在内，共给了画师二分银子。于是画师用墨水在荆川纸上画了一背。那人见了大怒道："画像全在人的容貌，为什么画背？"画师说："我劝你莫把面孔见人吧。"

许日子

【原文】

一人性极吝啬,从无请客之事。家僮偶持碗一篮,往河边洗涤,或问曰:"你家今日莫非宴客耶?"僮曰:"要我家主人请客,除非那世里去。"主人知而应曰:"谁要你轻易许下他日子。"

【译文】

有个人极其吝啬,从来没请过客。家里的仆僮偶尔拿一篮碗,到河边去洗涤,有人问道:"你家今天莫非要请客吗?"仆僮回答说:"要我家主人请客,除非下辈子。"主人知道了此事骂道:"谁让你轻易许下他日子。"

携灯

【原文】

有夜饮者,仆携灯往候,主曰:"少时天便明,何用灯为。"仆乃归。至天明,仆复往接,主责曰:"汝大不晓事,今日反不带灯来,少顷就是黄昏,叫我如何回去。"

【译文】

有个夜间在外饮酒的人,仆人携灯去接他,主人说:"再过一会天就亮了,拿灯来有什么用呢?"仆人于是回去了。到了天亮,仆人又去接他,主人责怪道:"你太不懂得事理,现在反而不带灯来,一会就是黄昏,叫我怎么回去?"

不留客

【原文】

客远来久坐，主家鸡鸭满庭，乃辞以家中乏物，不敢留饭。客即指刀，欲杀己所乘马治餐。主曰："公如何回去？"客曰："凭公于鸡鸭中，告借一只，我骑去便了。"

【译文】

有个客人远道而来，坐了很久，主人家里本是鸡鸭满院，但仍然借口说家里缺少东西，不敢留客人吃饭。客人马上借刀，打算杀掉自己骑的马做饭。主人说："那你怎么回去？"客人说："请你在鸡鸭中借我一只，我骑着就是了。"

不留饭

【原文】

一客坐至晌午，主绝无留饭之意，适闻鸡声，客谓主曰："昼鸡啼矣。"主曰："此客鸡不准。"客曰："我肚饥是准的。"

【译文】

一个客人坐到中午，主人毫无留饭之意，正好赶上鸡叫，客人对主人说："鸡报时该吃午饭了。"主人说："这只待客的鸡报时不准。"客人说："我肚饥是准的。"

吃 人

【原文】

一人远出回家对妻云:"我到燕子矶,蚊虫大如鸡。后过三山峡,蚊虫大如鸭。昨在上新河,蚊虫大如鹅。"妻云:"呆子,为甚不带几只回来吃。"夫笑曰:"它不吃我就够了,你还敢想去吃它。"

【译文】

有个人出远门回家后对妻子说:"我到燕子矶,蚊虫大如鸡。后过三山峡,蚊虫大如鸭。昨在上新河,蚊虫大如鹅。"妻子说:"呆子,为什么不带几只回来吃。"丈夫笑道:"它不吃我就够了,你还敢想去吃它。"

悭 吝

【原文】

一人性最悭吝,忽感痨瘵之疾,医生诊视云:"脉气虚弱,宜用人参培补。"病者惊视曰:"力量绵薄,惟有委命听天可也。"医士曰:"参既不用,须以熟地代之,其价颇贱。"病者摇首曰:"费亦太过,愿死而已。"医知其吝啬,乃诈言曰:"别有一方,用干狗屎调黑糖一二文服之,亦可以补而。"有疾者跃然起问曰:"不知狗屎一味,可用否?"

【译文】

有个人性情最为吝啬,忽然得了痨瘵之病,医生诊断说:"脉气虚弱,最好用人参补补身体。"病人十分吃惊,看着医生说:"身体虚弱,只好听天由命。"医生说:"人参如果不用,必须用熟地代替,其价钱很贱。"病人摇头说:"破费太过,情愿去死。"医生晓得他吝啬,便欺骗他说:"还有一药方,用干狗屎和红糖一二钱服下去,也可以补身子。"病人兴奋地问道:"不晓得狗屎一味,可以单独用吗?"

卖粉孩

【原文】

一人做粉孩儿出卖,生意甚好,谓妻曰:"此后只做束手的,粉可稍省。"果卖去。又曰:"此后做坐倒的,当更省。"仍卖去。乃曰:"于今做垂头而卧者,不更省乎!"及做就,妻捉起看曰:"省则省矣,只是看看不像人了。"

【译文】

一个人做粉孩儿出卖,生意甚好,对妻子说:"以后只做没有手的,那样可节省一些粉。"结果也卖掉了。那人又对妻子说:"以后只做坐着的,那样更节省。"结果仍然卖掉了。接着又对妻子说:"如果做低头躺着的,不更节省吗?"等到做完了,妻子拿起来说:"省倒是省了,只是看看不像人了。"

独管裤

【原文】

一人谋做裤而吝布,连唤裁缝,俱以费布辞去。最后一缝匠云:"只须三尺足矣。"其人大喜,买布与之,乃缝一脚管,令穿两足在内。其人曰:"迫甚,如何行得?"缝匠曰:"你脱煞要省,自然一步也行不开的。"

【译文】

有个人想做一条裤子,又怕多费布,一连找了好几个裁缝,都因为嫌费布没做成。最后一个裁缝说:"只需要三尺布就足够了。"那个人十分高兴,买布交给了裁缝。裁缝于是缝了一支裤腿,让他把两腿穿在里边。那人说:"着急的时候,如何行走?"裁缝说:"你死命要省,自然一步也行走不了了。"

莫想出头

【原文】

一性吝者,买布一丈,命裁缝要做马衣一件,裤一条,袜一双,余布还要做顶包巾。匠每以布少辞去。落后一裁缝曰:"我做只消八尺,倒与你省却两尺,何如?"其人大喜,缝者竟做成一长袋,将此人从头套至脚,用绳收紧。其人曰:"气闷极矣。"匠曰:"同着你这悭吝鬼,自然是气闷的。省是省了,要想出头却难哩。"

【译文】

有个人十分贪吝,买了一丈布,欲让裁缝做一件马褂、一条裤子、一双袜子,剩余的布还要做顶帽子。许多裁缝都因为布不够用而不为他做。最后有个裁缝说:"我做只需用八尺,还可以省下两尺,怎么样?"那人听了十分高兴。裁缝竟然做成一个长口袋,将那人从头套到脚,之后用绳绑紧袋口。那人说:"太气闷了。"裁缝回答道:"简着你这个吝啬鬼,自然是要气闷的,布省是省了,但想要出头却难哩!"

一毛不拔

【原文】

一猴死见冥王,求转人身。王曰:"既欲做人,须将身上毛尽行拔去。"即唤夜叉动手,方拔一根,猴不胜痛楚,王笑曰:"畜生,看你一毛不拔,如何做人。"

【译文】

有只猴子死后见到冥王,请求来世托生为人。冥王说:"既然要做人,须将身上的毛全部拔去。"随即唤夜叉动手拔毛,才拔一根,猴子经不住疼痛,大叫不止。冥王笑道:"畜生,看你一毛不拔,如何做人。"

粪 鸡

【原文】

东家供师甚薄,久不买荤。一日粪缸内淹死一鸡子,烹以为饭,师食而疑之,问其徒。徒以实告,师愤甚。少顷,主人进馆,师忙执笤帚一把,塞其口中,逼使尽食。东家曰:"笤帚如何吃得?"师曰:"你既不肯吃笤帚,如何倒叫先生吃粪鸡。"

【译文】

有户人家供给教书先生的饭食很差,很长时间也没有荤菜。有一天粪缸内淹死一只鸡,煮后给先生吃。先生尝后感到可疑,问其学生,学生以实相告。先生十分愤怒。不一会,主人进屋,先生急忙拿起笤帚,塞进主人嘴中,逼他全部吃了。主人说:"笤帚怎么能吃?"先生说:"你既不肯吃笤帚,为何反倒让我吃粪鸡!"

恶 神

【原文】

一神道险恶,赛者必用生人祭奠。有酬愿者,苦乏人献,于供桌中挖一孔,藏身在桌下,而伸头于桌面,俟神举箸,头忽缩小。神大怒,骂曰:"这班小鬼都是贼,才得举箸,如何吓就一些没有了。"

【译文】

有个恶神极其险恶凶残,如有求于他,必得用活人去祭奠。有个人要实现一桩心愿打算求恶神帮忙,由于缺少活人祭奠十分苦恼,于是在供桌上挖了一个洞，把身子藏在桌下，头伸出桌面。等到恶神举起筷子去夹，头突然缩回。恶神大怒，骂道："这些小鬼都是贼，才举起筷子，怎么一下子就一点没有了？"

一味足矣

【原文】

一先生开馆，东家设宴相待，以其初到加礼，乃宰一鹅款饮。至酒阑，先生谓东翁曰："学生取扰的日子长，以后饮馔，务须从俭，庶得相安。"因指盘中鹅曰："日日只此一味足矣，其余不必罗列。"

【译文】

有个教书先生新到一户人家教书，主人设宴相待，因为教书先生初来乍到，特宰杀一只鹅，以敬礼仪。酒快喝完的时候，先生对主人说："学生我打扰的日子很长，以后饮酒用餐，务须从俭，才能得以相安。"接着指其盘中鹅说："每天只此一味就够了，其余的不必破费。"

卖肉忌赊

【原文】

有为儿孙作马牛者，临终之日，呼诸子而问曰："我死之后，汝辈当如何殡殓？"长子曰："仰体大人惜费之心，不敢从厚，蒿衣布衾，二寸之棺，一寸之椁，墓道仅以土封。"翁攒眉良久，责其多费。次子曰："衣衾棺椁，俱不敢用，但择蒿荐一条，送于郊外，谓之火葬而已。"翁犹疾其过奢。三子默喻父意，乃诡词以应曰："吾父爱子之心，无所不至，既经殚力于生前，岂惜捐躯于死后，不若以大人遗体，三股均分，斩作一日之屠儿，以享百年之遗泽，何等不好。"翁乃大笑曰："吾儿此语，适获我心。"复戒之曰："对门王三老，惯赖肉钱，断断不可赊。"

【译文】

　　有个人为儿孙做了一辈子牛马，临死之时叫来儿子问道："我死了之后，你们打算如何安葬我？"大儿子说："我们已领会您怕浪费的心思，所以不敢厚葬，打算用粗布盖上尸体，里面用二寸厚的内棺，外面用一寸厚的套棺，坟墓只用土埋。"老头皱眉良久，责备他太浪费。二儿子说："衣服、被盖、内棺、外棺，都不敢用，只用一条草帘子，把尸体送到郊外，用火烧掉就行了。"老头仍然认为过于奢侈。三儿子内心领会了父亲的心意，便慌言应答道："父亲爱子之心，无微不至，既然生前拼命劳作，难道在死后会吝惜捐躯吗？不如把您的遗体，砍成三段分给三个儿子，以充当一天的屠肉卖给他人，这样便可实现父亲的遗愿，是再好不过的了。"老头于是大笑说："我儿的这番话，正对我的心思。"接着又告诫儿子说："对门王老三，一贯好赖肉钱，千万不要赊给他。"

白伺候

【原文】

　　夜游神见门神夜立，怜而问之曰："汝长大乃尔，如何做人门客，早晚伺候，受此辛苦？"门神对曰："出于无奈耳。"曰："然则有饭吃否？"答："若要他饭吃时，又不要我上门了。"

【译文】

　　夜游神看见门神夜晚为人守立门旁，十分可怜他，问道："你高大魁梧，为何做人家门客，早晚伺候，受此辛苦？"门神说："出于无奈罢了。"夜游神又问："那么有饭吃吗？"门神回答说："如果向他要饭吃，又不让我上门了。"

梦戏酌

【原文】

一人梦赴戏酌,方定席,为妻惊醒,乃骂其妻。妻曰:"不要骂,趁早睡去,戏文还未半本哩。"

【译文】

有个人梦里去看戏,刚刚坐稳,被妻子惊醒,于是大骂妻子。妻子说:"不要骂,趁早睡去,戏文还未演到一半哩!"

梦美酒

【原文】

一好饮者,梦得美酒,将热而饮之,忽被惊醒,乃大悔曰:"早知如此,恨不冷吃。"

【译文】

有个好喝酒的人,做梦时得到好酒,打算热了以后再喝,突然被惊醒,于是十分懊悔,说:"早知如此,不如趁冷喝了。"

截酒杯

【原文】

使僮斟酒不满,客举杯细视良久,曰:"此杯太深,当截去一段。"主曰:"为何?"客曰:"上半段盛不得酒,要他何用?"

【译文】

仆僮斟酒不满,客人举杯端视许久,说:"此杯太深,应当截去一段。"主人说:"为什么?"客人说:"上半截盛不得酒,要它有什么用?"

切薄肉

【原文】

主有留客饭,仅用切肉一碗,既削且少。乃作诗以诮之,曰:"君家之刀利且锋,君家之手轻且松。切来片片如纸同,周围披转无二重。推窗忽遇微小风,顿然吹入五云中。忙忙令人觅其踪,已过巫山十二峰。"

【译文】

主人留客吃饭,仅供切肉一碗,既薄又少。客人于是作诗一首讥诮说:"君家之刀利且锋,君家之手轻且松。切来片片如纸同,周围披转无二重。推窗忽遇微小风,顿然吹入五云中。忙忙令人觅其踪,已过巫山十二峰。"

满盘多是

【原文】

客见座上无肴,乃作意谢主人,称其太费。主人曰:"一些菜也没有,何云太费?"客曰:"满座都是。"主人曰:"菜在哪里?"客指盘中曰:"这不是菜,难道是肉不成?"

【译文】

客人见桌子上面没有肉菜,于是故意感谢主人,说其太破费。主人说:"一点菜也没有,怎能说太破费?"客人说:"满桌子都是。"主人说:"菜在哪里?"客人指着盘子说:"这不是菜,难道是肉不成?"

不见肉

【原文】

一母命子携萝卜一篮往河洗涤,久之不归。母往寻之,但存萝卜,知儿失足坠河,淹死水中,因大哭曰:"我的肉,我的肉,但见萝卜不见肉。"

【译文】

有个妇女让儿子带一篮萝卜到河里去洗,过了很长时间还没回来。母亲到河边去找他,只见到萝卜,知道儿子失足掉进河里,被河水淹死,于是痛哭道:"我的肉,我的肉,只见萝卜不见肉。"

和头多

【原文】

有请客者,盘食少而和头多,因嘲之曰:"府上的食品,忒煞富贵相了。"主问:"何以见得?"曰:"葱蒜萝卜,都用鱼肉片子来拌的,少刻鱼肉上来,一定是龙肝凤髓做和头了。"

【译文】

有个人请客,每盘都是肉少而搭配的菜多,客人于是嘲讽道:"府上的食品,太富贵相了。"主人问:"何以见得?"客人回答说:"葱蒜萝卜,都用鱼肉片子做配菜;等一会鱼肉上来,一定是龙肝凤髓做配菜了。"

啖馄饨

【原文】

一妻病，夫问曰："想甚吃否？"妻曰："除非好肉馄饨，想吃一二只。"夫为治一盂，意欲与妻同享，方往取箸回，而妻已众指啖尽，止余其一。夫曰："何不并啖此枚？"妻攒眉曰："我若吃得下此只，不害这病了。"

【译文】

妻子病了，丈夫问道："想吃什么？"妻子说："除非精肉馄饨，想吃一两个。"丈夫做了一盆，打算和妻子同吃，刚刚取来筷子，妻子已经用众手指抓吃完了，只剩下一个馄饨。丈夫说："为何不把这个馄饨也吃了？"妻子紧皱眉头说："我如果吃得下这个，便不会得这病了。"

好古董

【原文】

一富人酷嗜古董，而不辨真假。或伪以虞舜所造漆碗，周公挞伯禽之杖，与孔子杏坛所坐之席求售，各以千金得之。囊资既空，乃左执虞舜之碗，右持周公之杖，身披孔子之席，而行乞于市中，曰："求赐太公九府钱一文。"

【译文】

有个富人酷爱古董，但不辨真伪。有个人谎称有虞舜时所制的漆碗，周公挞伯禽的手杖和孔子杏坛所坐的席子要卖，富人分别用千金买来。富人所有资财已经抛空，于是左手拿着虞舜之碗，右手拄着周公之杖，身披孔子之席，行乞在街上，说："请赐给太公九府钱一文。"

不 奉 富

【原文】

千金子骄语人曰："我富甚，汝何得不奉承？"贫者曰："汝自多金，干我何与？而奉汝耶？"富者曰："倘分一半与汝何如？"答曰："汝五百我五百，我汝等，何奉焉？"又曰："悉以相送，难道犹不奉我？"答曰："汝失千金，而我得之，汝又当趋奉我矣。"

【译文】

有个富人手持千金傲慢地对穷人说："我十分富有，你为何不奉承我？"穷人说："你有许多钱，与我有什么相干，而让我奉承你？"富人说："假如分给你一半钱，你奉承我怎么样？"穷人回答说："如果那样，你有五百我也有五百，我们有一样多的钱，那么我为什么要奉承你呢？"富人又说："我把钱全部给你，难道还不奉承我吗？"穷人回答说："如果那样，你没有钱，而我却有钱了，你倒是应该尊奉我了。"

穷 十 万

【原文】

富翁谓贫人曰："我家富十万矣。"贫人曰："我亦有十万之蓄，何足为奇。"富翁惊问曰："汝之十万何在？"贫者曰："你平素有了不肯用，我要用没得用，与我何异？"

【译文】

富翁对穷人说："我家有十万之富。"穷人说："我也有十万之积蓄，何足为奇。"富翁吃惊地问道："你的十万在哪里？"穷人说："你一向有钱不肯用，我想用钱又用不了，你和我有什么区别？"

失　火

【原文】

一穷人正在欢饮，或报以家中失火。其人即将衣帽一整，仍坐云："不妨，家当尽在身上矣。"或曰："令正却如何？"答曰："他怕没人照管。"

【译文】

有个穷人正在外边高兴地喝酒，有人告诉他家里失火了。穷人马上将衣帽整理了一下，仍然坐着不动说："不怕，家当都在身上呢。"报信儿的人说："你妻子怎么办？"穷人回答说："她怕是没人照管。"

唤　茶

【原文】

一家客至，其夫唤茶不已。妇曰："终年不买茶叶，茶从何来？"夫曰："白滚水也罢。"妻曰："柴没一根，冷水怎得热？"夫骂曰："狗淫妇！难道枕头里就没有几根稻草？"妻骂曰："臭王八！那些砖头石块难道是烧得着的？"

【译文】

有户人家来了客人，丈夫招呼倒茶不停。妻子说："终年不买茶叶，茶从哪来？"丈夫说："白开水也可以。"妻子说："柴禾没有一根，凉水怎能变热？"丈夫骂道："狗淫妇，难道枕头里就没有几根稻草？"妻子反骂道："臭王八，那些砖头石块难道是烧得着的？"

留 茶

【原文】

有留客吃茶者，苦无茶叶，往邻家借之。久而不至，汤滚则溢，以冷水加之。既久，釜且满矣，而茶叶终不得。妻谓夫曰："茶是吃不成了，不如留他洗个浴罢。"

【译文】

有个人留客人喝茶，因为没有茶叶而发愁，便到邻居家去借。很长时间邻居也没有送来。水开往外溢，就不断往锅里添加凉水，过了半天，锅里的水已经满了，而茶叶最终也没有送来。妻子对丈夫说："茶是吃不成了，不如留他洗个澡算了。"

怕 狗

【原文】

客至乏仆，暗借邻家小厮，掇茶至客堂后，逡巡不前，其人厉声曰："为何不至？"僮曰："我怕你家这只凶狗。"

【译文】

主人好虚荣要面子，一天客人来了，主人暗借邻居家的小孩代替仆人。小孩倒茶后来到客厅逡巡不敢上前，主人大声斥责道："为何不往前走？"小孩说："我怕你家这只凶狗。"

鞋袜讼

【原文】

　　一人鞋袜俱破，鞋归咎于袜，袜又归咎于鞋，交相讼之于官。官不能决，乃拘脚跟证之。脚跟曰："小的一向逐出在外，何由得知？"

【译文】

　　有个人鞋子袜子都破了，鞋子归咎于袜子，袜子又归咎于鞋子，二者分别向当官的诉讼。当官的分辨不清，便拘拿脚跟做证，脚跟说："小的一向被驱逐在外面，怎么能够知道呢？"

被屑挂须

【原文】

　　贫家盖稿荐，幼儿不知讳，父挞而戒之曰："后有问者，但云盖被。"一日父见客，面须上带稿草，儿从后呼曰："爹爹，且除去面上被屑。"

【译文】

　　有户贫寒人家睡觉盖草帘子，小儿不晓得隐讳，父亲打他之后告诫说："以后如有人问，只能说盖被。"有一天，父亲拜见客人，胡须上面粘着草屑，儿子从后面喊道："爹爹，快除掉你脸上粘着的被屑吧。"

烧黄熟

【原文】

　　清客见东翁烧黄熟香，辄掩鼻不闻，以其贱而不屑用也。主人曰："黄熟虽不佳，还强似府上烧人言木屑。"清客大诧曰："我舍下何曾烧这两件？"主人曰："蚊烟是甚么做的。"

【译文】

有个帮闲的门客看见主人烧黄熟味道很香，总是捂起鼻子不闻，以表示黄熟不值钱而且不值一用。主人说："黄熟虽不名贵，但强过你家烧的碎木屑。"门客十分惊异地说："我家什么时候烧过碎木屑？"主人回答说："蚊烟是什么做的？"

拉 银 会

【原文】

有人邀友助会，友固怕之不得，乃曰："汝若要我与会，除是跪我。"其人既下跪，乃许之。旁观者曰："些须会银，左右要还他的，如此自屈，吾甚不取。"答曰："我不折本的，他日讨会钱，跪还我的日子正多哩。"

【译文】

有个人邀友助会，友人怕得要命，于是说："你如果要我助会，除非给我下跪。"那人立即跪下，友人才答应了。旁观的人说："只是借些会钱，早晚是要还他的，竟然如此屈身，我是很不赞成的。"那人回答说："我是不赔本的，以后他讨要会钱，为我下跪还我的日子多着呢！"

兑 会 钱

【原文】

一人对客，忽转身曰："兄请坐，我去兑还一主会银，就来奉陪。"才进退出，客问："何不兑银？"其人笑曰："我曾算来，他是痴的，所以把会银与我。我若还他，是我痴了。"

【译文】

　　有个人面对客人,突然转身说:"老兄请坐,我去兑还某人的会银,马上就回来奉陪。"刚一进去就出来了,客人问:"为何没兑会银?"那人笑道:"我曾谋算来,他是发痴的,所以才会把会银给我,我如果还他,便是我发痴了。"

剩 石 沙

【原文】

　　一穷人留客吃饭,其妻因饭少,以鹅卵石衬于添饭之下。及添饭既尽,而石出焉。主人见之愧甚,乃责仆曰:"瞎眼奴才,淘米的时节,眼睛生在哪里?这样的大石沙,都不拿来拣出。"

【译文】

　　有个穷人留客人吃饭,妻子因为饭少,用鹅卵石垫在添饭碗之下。等到添饭,添饭碗中的饭已快没了,鹅卵石便露了出来。主人见此十分羞愧,便斥责妻子道:"瞎眼奴才,淘米的时候,眼睛长在哪里了,这样的大石沙,都不拿出来扔掉。"

饭 粘 扇

【原文】

　　一人不见了扇子,骂曰:"拿我的扇子去做羹饭。"旁人曰:"扇子如何做得羹饭?"其人曰:"你不晓得,我的扇子,糊掇许多饭粘在上面。"

【译文】

　　有个人不见了扇子,骂道:"拿我的扇子去做羹饭。"旁边的人说:"扇子怎能做得羹饭?"那人回答说:"你不晓得,我的扇子,糊了许多饭粘在上面。"

借　　服

【原文】

有居服制而欲赴喜筵者，借得他人一羊皮袄，素冠而往。人知其有服也，因问尊服是何人的。其人见友问及，以为讥诮其所穿之衣，乃遽视己身，作色而言曰："是我自家的，问他怎么？"

【译文】

有个人正在服丧而要去参加喜筵，借了他人一件羊皮袄，未戴帽子就去了。别人晓得他正在服丧，便问他穿的皮袄是谁的，那人以为是讥诮他穿的衣服，于是看着自己的身体，生气地说道："是我自己家的，问它干什么？"

酒 瓮 盛 米

【原文】

一穷人积米三四瓮，自谓极富。一日与同伴行市中，闻路人语曰："今岁收米不多，止得三千余石。"穷人谓其伴曰："你听这人说谎，不信他一分人家，有这许多酒瓮。"

【译文】

有个穷人积存粮食三四瓮，自以为十分富有。有一天与同伴走在街市上，听路人说："今年收米不多，只得三千余石。"穷人对其同伴说："你听这人多能说谎，不信他一户人家，有那么多的酒瓮。"

遇　偷

【原文】

　　偷儿入贫家，遍摸无一物，乃唾地开门而去。贫者床上见之，唤曰："贼，有慢了，可为我关好了门去。"偷儿曰："你这样人家，亏你还叫我贼。我且问你，你的门关他做甚么。"

【译文】

　　小偷进入一贫寒人家，到处寻摸没有一物，于是唾了一口便开门而去。穷人在床上见此，招呼道："贼，有所怠慢了，为我关好了门再去。"小偷回答道："你这样人家，亏你还叫我贼。我倒要问你，你的门关它干什么？"

羞　见　贼

【原文】

　　贼穿窬往窃一家，见主人向外而睡，忽转朝里。贼疑其素有相识，欲遁去。其人大呼曰："来，不妨，因我家乏物可敬，无颜见你罗。"

【译文】

　　有个小偷到一家去行窃，见主人面对外而睡，突然又转身向里，小偷怀疑主人素有相识，打算赶快逃走。主人大声喊道："来，不妨，因我家缺少东西敬送，没脸见你喽！"

借 债

【原文】

有持券借债者,主人曰:"券倒不须写,只画一幅行乐图来。"借者问其故,答曰:"怕我日后讨债时,便不是这副面孔耳。"

【译文】

有个人拿着借据向人借债,主人说:"借据倒不须写,只须画一幅行乐图来。"借债的人问其缘故,主人回答说:"怕我日后讨债时,便不是这副面孔了。"

变 爷

【原文】

一贫人生前负债极多,死见冥王,王命鬼判查其履历,乃惯赖人债者,来世罚去变成犬马,以偿前欠。贫者禀曰:"犬马之报,所偿有限,除非变了他们的亲爷,方可还得。"王问何故,答曰:"做了他家的爷,尽力去挣,挣得论千论万,少不得都是他们的。"

【译文】

有个穷人生前欠债极多,死后见到冥王,冥王让鬼判查清其履历,经查该人乃是一贯赖人债的,于是冥王判他转世变成犬马,以偿还前世所欠。穷人陈述说:"犬马所能偿还的实在有限,除非变为他们的亲爹,才能偿还得了。"冥王问其原因,穷人回答说:"做了他家的亲爹,挣得成千上万,少不得都是他们的。"

梦 还 债

【原文】

欠债者谓讨债者曰:"我命不久矣。昨夜梦见身死。"讨债者曰:"阴阳相反,梦死反得生也。"欠债者曰:"还有一梦。"问曰:"何梦?"曰:"梦见还了你的债。"

【译文】

欠债人对讨债人说:"我命已不长了,昨天夜里梦见死了。"讨债人说:"阴阳相反,梦见死反是活矣。"欠债人说:"还有一梦。"讨债人说:"什么梦?"欠债人说:"梦见还了你的钱。"

坐 椅 子

【原文】

一家索债人多,椅凳俱坐满,更有坐槛上者。主人私谓坐槛者云:"足下明日早些来。"那人意其先完己事,乃大喜,遂扬言以散众人。次早黎明即往,叩其相约之意。答曰:"昨日有亵坐槛,甚是不安。今日早来,可先占把交椅。"

【译文】

有户人家讨债人很多,椅凳都坐满,还有坐在门槛上的。主人悄悄地对坐门槛的人说:"你明天早些来。"那人以为先要还他的债,十分高兴,于是劝说他人全部散去。那人第二天黎明时马上前往,述说前日相约之意。欠债人说:"昨天有所亵渎,让你坐了门槛,很是不安,今天让你早来,可先占把交椅。"

扛欠户

【原文】

有欠债屡索不还者,主人怒,命仆辈潜伺其出,以扛之而归。至中途,仆暂歇息,其人曰:"快走罢,歇在这里,又被别人扛去,不关我事。"

【译文】

有个欠债的,讨债人屡次索要不还,讨债人十分愤怒,让仆人们窥视其出,把他家东西扛回来。仆人们扛着东西返回,行到中途,暂时歇息,遇到欠债人,欠债人说:"快走吧,歇在这里,如果被别人扛去,不关我的事。"

拘债精

【原文】

冥王命拘蔡青,鬼卒误听,以为勾债精也,遂摄一欠债者到案。王询之,知其谬,命鬼卒放回。债精曰:"其实不愿回去。阳间无处藏身,正要借此处一躲。"

【译文】

冥王让拘蔡青,鬼卒听错了,以为是勾债精,于是拘捕来一个欠债的人到案。冥王询问后知道拘捕错了,让鬼卒把他放回去。欠债人说:"我其实不愿回去。人间没有地方藏身,正好借此来躲躲。"

摆海干

【原文】

一人专好放生,龙王感之,命夜叉赠一宝钱,嘱曰:"此钱名为摆海干,叫他把此钱在海中一摆,海水即干,任将金银宝贝拿去。"夜叉传命付讫。其人日日拿钱去摆,遂成大富。后把此钱失去,贪心未足,只将空手海上去摆。一日撞着夜叉,夜叉曰:"你手内钱都没了,还有何脸面在此摆甚么?"

【译文】

有个人专好放生,龙王被他的行为所感,让夜叉赠给他一宝钱,嘱咐说:"这个宝钱名叫摆海干,叫那人把此钱在海里一摆,海水即干,可任意将金钱财宝拿去。"夜叉依言把宝钱送给了那人。该人得此宝钱后,每天拿宝钱去摆,很快成了大富翁。后来他把宝钱丢了,但贪心未足,仍然用空手到海边去摆。有一天该人撞到夜叉,夜叉说:"你手内钱都没了,还有什么脸面在这里摆?"

搬是非

【原文】

寺中塑三教像:先儒,次释,后道。道士见之,即移老君于中。僧见,又移释迦于中。士见,仍移孔子于中。三圣自相谓曰:"我们原是好好的,却被这些小人搬来搬去搬坏了。"

【译文】

寺庙里塑有三教的圣像:先是儒教圣像,次是佛教圣像,后是道教圣像。道士见了,马上将老君移到中位;和尚见了,又将释迦牟尼移到中位;读书人见了,又将孔子移到中位。三位圣人自相说道:"我们原是好好的,却被这些小人搬来搬去,搬坏了。"

丈　人

【原文】

有以岳丈之力得中魁选者。或为语嘲之曰："孔门弟子入试，临揭晓。闻报子张第九，众曰：'他一貌堂堂，果有好处。'又报子路第十三，众曰：'这粗人到也中得高，还亏他这阵气魄好。'又报颜渊第十二，众曰：'他学问最好，屈了他些。'又报云冶长第五，大家骇曰：'那人平时不见怎的，为何倒中在前？'一人曰：'他全亏有人扶持，所以高掇。'问：'谁扶持他？'曰：'丈人。'"

【译文】

有个人凭借岳父之力得以中魁。有人编了一套话讥讽说："孔门弟子入试，临到揭晓，闻报子张排名第九，众人说：'他相貌堂堂，果然有好的位次。'又报子路排名第十三，众人说：'这粗人倒也中得高，全靠他这阵子神气好。'又报颜渊排名第十二，众人说：'他学问最好，屈了他些。'又报说冶长排名第五，大家吃惊地说：'那人平时不怎么样，为什么倒中在前面？'其中有个人说：'他全亏有人扶持，所以高中。'众人问：'谁扶持他？'那人回答：'丈人。'"

大　爷

【原文】

一人牵牛而行，喝人让路不听，乃云："看你家爷来。"一人回视曰："难道我家有这样一个大爷？"

【译文】

有个人牵着牛走在路上，喊前面的人让路他们不听，于是便说："看你家的大爷来了。"其中一个回过头看着牛说："难道我家里有这样一个大爷吗？"

苏杭同席

【原文】

苏杭同席，杭人单吃枣子，而苏人单食橄榄。杭问苏曰："橄榄有何好处？而兄爱吃他。"曰："回味最佳。"杭人曰："等你回味好，我已甜过半日了。"

【译文】

苏、杭二人同席，杭州人只吃枣子，而苏州人只吃橄榄。杭州人问苏州人说："橄榄有什么好的？可是你偏爱吃它。"苏州人说："回味最佳。"杭州人说："等你回味好了，我已经甜过半天了。"

狗衔锭

【原文】

狗衔一银锭而飞走，人以肉喂他不放，又以衣罩去，复又走脱。人谓狗曰："畜生，你直恁不舍，既不爱吃，复不好穿，死命要这银子何用？"

【译文】

有一只狗叼起一块银锭便狂奔起来，人用肉喂它仍然不撒掉，随即又用衣服罩去，狗又跑脱。人对狗说："畜生，你怎么那样舍不得，既不好吃，又不好穿，不要命地要这银子有什么用？"

不停当

【原文】

有开当者，本钱甚少。写一"停"字，言停当也。及后赎者再来，本钱复至，又于"停"字之上，加一

"不"字。人见之曰："我看你这典铺中实实有些不停当了。"

【译文】

有个开当铺的，本钱很少。开业第一个月，在招牌上写一个"当"字。没多长时间，本钱发没了，取赎人不来，于是在"当"之上，又加上一个"停"字，是说"停当"了。等到后来，当物人取赎，又有了本钱，便在"停当"前加上一个"不"字。人们见了说："我看你这当铺实实在在有些不停当了。"

十 只 脚

【原文】

关吏缺课，凡空身人过关，亦要纳税，若生十只脚者免。初一人过关无钞，曰："我浙江龙游人也。龙是四脚，牛是四脚，人两脚，岂非十脚？"许之。又一人求免税曰："我乃蟹客也。蟹八脚，我两脚，岂非十脚？"亦免之。末后一徽商过关，竟不纳税，关吏怒欲责之。答曰："小的虽是两脚，其实身上之脚还有八只。"官问："哪里？"答曰："小的徽人，叫做徽獭猫，猫是四脚，獭又四脚，小的两脚，岂不共是十只脚？"

【译文】

关吏缺钱了，凡是空手人过关，也要纳税，除非长十只脚的人才可免税。开始时，有个人过关没钱，说："我是浙江龙游人。龙是四脚，牛是四脚，人两脚，难道不是十只脚吗？"关吏允许他过了关。又有一人请求免税，说："我是蟹客。蟹八只脚，我是两只脚，难道不是十只脚吗？"关吏一听也免了他的税。最后一个徽商过关，竟然不想纳税，关吏大怒要打他，那人回答说："小人我虽然是两只脚，其实身上的脚还有八只。"关吏问："在哪里？"那人回答说："小的徽人，叫作徽獭猫，猫是四脚，獭是四脚，小的两脚，岂不是一共十只脚？"

有 钱 夸 口

【原文】

一人迷路,遇一哑子,问之不答,惟以手作钱样,示以得钱,方肯指引。此人喻其意,即以数钱与之。哑子乃开口指明去路,其人问曰:"为甚无钱装哑?"哑曰:"如今世界,有了钱,便会说话耳!"

【译文】

有个人迷了路,遇到一个"哑巴",问而不答,"哑巴"只用手比画钱的模样,示意要给钱,才肯指引。迷路人明白其意思,马上拿出数钱给了"哑巴"。"哑巴"于是开口指明去路,迷路人问道:"为什么装哑?""哑巴"说:"如今世界,有了钱,便会说话。"

古 今 三 绝

【原文】

一家门首,来往人屙溺,秽气难闻。因拒之不得,乃画一龟于墙上,题云:"在此溺尿者,即是此物。"一恶少见之,问曰:"此是谁的手笔?"画者任之,恶少曰:"宋徽宗、赵子昂与吾兄三人,共垂不朽矣。"画者询其故,答曰:"宋徽宗的鹰,赵子昂的马,兄这样乌龟,可称古今三绝。"

【译文】

有家门口,过往行人屙屎撒尿,秽气难闻。主人拒之不得,于是在墙上画了一只乌龟,并题字道:"在此溺尿者,即是此物。"有个恶少见了,问道:"这是谁的手笔?"主人承认是自己画的,恶少说:"宋徽宗、赵子昂与你三个人,共垂不朽矣。"主人询问其缘故,恶少回答说:"宋徽宗的鹰、赵子昂的马、你这样的乌龟,可称古今三绝。"

白蚁蛀

【原文】

有客在外而主人潜入吃饭者,既出,客谓曰:"宅上好座厅房,可惜许多梁柱都被白蚁蛀坏了。"主人四顾曰:"并无此物。"客曰:"他在里面吃,外面人如何知道。"

【译文】

有客人在外厅,而主人进里屋暗自吃饭,等主人出来后,客人对主人说:"你宅上好座厅房,可惜许多梁柱都被白蚂蚁蛀坏了。"主人环顾四周说:"并没有此物。"客人说:"它在里面吃,外面怎么会知道。"

吃烟

【原文】

人有送夜羹饭,甫毕,已将酒肉啖尽。正在化纸将完,而群狗环集,其人曰:"列位来迟了一步,并无一物请你,都来吃些烟罢。"

【译文】

有个人送夜羹饭之后,已将酒肉吃光。正在焚纸,即将烧完时,群狗围着火堆聚集起来,那人说:"诸位来迟了一步,没有什么东西相赠,请你们都来吃些烟吧。"

烦 恼

【原文】

或问:"樊迟之名谁取?"曰:"孔子取的。"问:"樊哙之名谁取?"曰:"汉祖取的。"又曰:"烦恼之名谁取?"曰:"这是他自取的。"

【译文】

有个人问:"樊迟之名是谁给取的?"另一人回答说:"孔子取的。"问:"樊哙之名谁给取的?"回答说:"汉高祖取的。"又问:"烦恼之名谁给取的?"回答说:"这是他自己取的。"

猫 逐 鼠

【原文】

昔有一猫擒鼠,赶入瓶内,猫不舍,犹在瓶边守候。鼠畏甚,不敢出,猫忽打一喷嚏,鼠在瓶中曰:"大吉利。"猫曰:"不相干,凭你奉承得我好,只是要吃你哩!"

【译文】

从前,有只猫抓老鼠,把老鼠赶进瓶里,猫不肯舍弃,便在瓶子旁边看守。老鼠十分害怕,不敢出来。猫忽然打了一个喷嚏,老鼠在瓶子里说:"十分吉利。"猫说:"不相干,任凭你奉承得我再好也没用,我只是要吃你哩!"

祝　　寿

【原文】

猫与耗鼠庆生,安坐洞口,鼠不敢出,忽在内打一喷嚏。猫祝曰:"寿年千岁!"群鼠曰:"他如此恭敬,何妨一见。"鼠曰:"他何尝真心来祝寿罗,骗我出去,正要狠嚼我哩!"

【译文】

猫给耗鼠庆祝生日,守在老鼠洞口。老鼠不敢出来,忽然在洞里打了一个喷嚏,猫祝贺说:"祝你们福寿千岁。"群鼠说:"猫如此恭敬,何妨出去相见。"其中有只老鼠说:"他何尝是真心祝寿,它骗我们出去,正是要狠狠咀嚼我们哩!"

心　　狠

【原文】

一人戏将数珠挂猫项间,群鼠私相贺曰:"猫老官已持斋念佛,定然不吃我们的了。"遂欢跃于庭。猫一见,连哺数个,众鼠奔走,背地语曰:"吾等以他念佛慈心了,原来是假意修行。"一答曰:"你不知,于今世上修行念佛的,最更狠十倍。"

【译文】

有个人开玩笑,将数个珠子挂在猫脖子上,群鼠暗地里相祝贺说:"猫老官已经吃斋念佛,一定不吃我们了。"于是在庭院欢腾跳跃,猫看见了,接连捕吃数个,众老鼠狂奔逃跑,背地里说道:"我们以为他念佛有慈善之心了,原来是假意修行。"其中一只老鼠回答说:"你们不晓得,当今世上修行念佛的,最为狠毒,比平常人的心要狠十倍。"

嘲 恶 毒

【原文】

蜂与蛇结盟,蜂云:"我欲同你上江一游。"蛇曰:"可。你须伏在我背间。"行到江中,蛇已无力,或沉或浮,蜂疑蛇害己,将尾刺钉紧在蛇背上。蛇负疼骂曰:"人说我的口毒,谁知你的屁股更毒。"

【译文】

蜂与蛇结盟。蜂说:"我想同你到江里一游。"蛇说:"可以,你必须趴在我背上。"行到江中,蛇已没了力气,时沉时浮。蜂怀疑蛇要害自己,将毒刺紧叮在蛇背上,蛇十分疼痛,骂道:"人说我的口毒,谁知你的屁股更毒!"

笑 话 一 担

【原文】

秀才年将七十,忽生一子,因有年纪而生,即名年纪。未几又生一子,似可读书,命名学问。次年又生一子,笑曰:"如此老年,还要生儿,真笑话也。"因名曰笑话。三人年长无事,俱命入山打柴,及归,夫问曰:"三子之柴孰多?"妻曰:"年纪有了一把,学问一些也无,笑话倒有一担。"

【译文】

有个秀才年近七十,突然生了一个儿子,因为年岁已高生了儿子,就取名为"年纪"。过了不久,又生了一个儿子,看模样像个读书的,便取名为"学问",第三年又生了一个儿子,秀才笑道:"这样大的岁数了,还能得子,真是笑话。"于是取名为"笑话"。三个儿子长大后无事可做,秀才让他们都去进山打柴。等到回来,丈夫问妻子说:"三人谁打的柴多?"妻子说:"年纪有了一把,学问一点没有,笑话却是有一担。"

取　　笑

【原文】

甲乙同行,甲望见显者冠盖,谓乙曰:"此吾好友,见必下车,我当引避。"不愿见避入显者之门,显者既入门,诧曰:"是何人撞?匿我门内。"呼童挞而逐之。乙问曰:"既是好友,何见殴辱?"答曰:"他从来是这般,与我取笑惯的。"

【译文】

甲乙二人同行,甲望见一个显者(有势力的人)的车乘,对乙说:"这是我的好友,他见我必定下车,我应该回避。"不想竟躲避到那个显者的家里。显者进门,惊诧说:"是何人撞进来,藏在我的院子里。"于是呼喊仆人揍他并把他驱赶了出来。乙问道:"既然是好友,为什么被他殴打侮辱?"甲回答说:"他从来都是这样,和我取笑惯了。"

吃　橄　榄

【原文】

乡人入城赴酌,宴席内有橄榄焉。乡人取啖,涩而无味,因问同席者曰:"此是何物?"同席者以其村气,鄙之曰:"俗。"乡人以"俗"为名,遂牢记之,归谓人曰:"我今日在城尝奇物,叫名'俗'"。众未信,其人乃张口呵气曰:"你们不信,现今满口都是俗气哩。"

【译文】

有个农夫进城赴宴,宴席中间有橄榄。农夫吃橄榄,涩而无味,于是问同席的人说:"这是什么东西?"同席的人认为他粗俗,鄙视说:"俗。"农夫以为"俗"是橄榄名,便牢记在心,回家后对人说:"我今天在城里吃了十分奇特的东西,名叫'俗'。"大家听了不相信,农夫便张口呵气说:"你们不信,现在我满嘴都是俗气哩。"

避 首 席

【原文】

有病疯疾者,延医调治,医辞不肯用药。病者曰:"我亦自知难医,但要服些生痰动气的药,改作痨、膨二症。"医曰:"疯、痨、膨、膈,同是不起之症,缘何要改?"病者曰:"我闻得疯、痨、膨、膈,乃是阎罗王的上客。我生平怕坐首席,所以挪在第二第三。"

【译文】

有个人患了疯疾,请医调治,医生推辞不肯用药。病人说:"我也晓得难医,但希望吃些生痰动气的药,改作痨、膨二症。"医生说:"疯、痨、膨、膈,同是治不好的病,为何要改?"病人说:"我听说疯、痨、膨、膈,是阎王的上客,我生平怕坐首席,所以想要挪在第二第三。"

见 皇 帝

【原文】

一人从京师回,自夸曾见皇帝。或问:"皇帝门景如何?"答曰:"四柱牌坊,金书'皇帝世家'。大门内匾,金书'天子第'。两边对联是:日月光天德,山河壮帝居。"又问:"皇帝如何装束?"曰:"头带玉纱帽,身穿金海青。"问者曰:"明明是说谎,穿了金子打的海青,如何拜揖?"其人曰:"呸!你真是个冒失鬼,皇帝肯与那个作揖的。"

【译文】

有个人从京城回来,自我吹嘘说曾经见到了皇帝。有人问:"皇帝住所前是什么样?"那人回答说:"四柱牌坊,上写金字'皇帝世家'。大门内匾,金书'天子第'。两边对联是:'日月光天德,山河壮帝居'。"问话的人又说:"皇帝穿些什么?"那人回答说:"头带玉纱帽,身穿金海青(长袍)。"问话的人说:"你显然是说谎,穿了金子做的长袍,怎么拜揖?"那人回答说:"你真是个糊涂虫,皇帝肯和谁作揖。"

僭 称 呼

【原文】

一家父子僮仆,专说大话,每每以朝廷名色称呼。一日友人来望,其父出外,遇其长子,曰:"父王驾出了。"问及令堂,次子又云:"娘娘在后花园饮宴。"友见说话僭分,含怒而去,途遇其父,乃述其子之言告之,父曰:"是谁说的?"仆在后云:"这是太子与庶子说的。"其友愈恼,扭仆便打。其父忙劝曰:"卿家弗恼,看寡人面上。"

【译文】

有户人家父子与僮仆专说大话,事事都用朝廷用语相称呼。一天朋友到家,正巧主人外出,遇到长子,长子说:"父王驾出去了。"客人问到家母,次子又说:"娘娘在后花园饮宴。"朋友见他们说话超越身份,含怒离开。路上遇到主人,朋友叙述其子所说的话,主人问道:"是谁说的?"仆人在后边接话道:"这是太子与庶子说的。"朋友一听更加恼怒,扭住仆人便打。主人急忙劝道:"卿家勿恼,看在寡人面上。"

看　镜

【原文】

有出外生理者，妻要捎买梳子，嘱其带回。夫问其状，妻指新月示之。夫货毕，忽忆妻语，因看月轮正满，遂依样买了镜子一面带归。妻照之骂曰："梳子不买，如何反娶一妾回来？"两下争闹，母闻之往劝，忽见镜，照云："我儿有心费钱，如何讨恁个年老婆儿？"互相埋怨遂至讦讼。官差往拘之，差见镜，慌云："才得出牌，如何就出添差来捉违限？"及审，置镜于案，官照见大怒云："夫妻不和事，何必央请乡官来讲分上？"

【译文】

有个人出外经商，其妻让他买把梳子回来。丈夫问梳子是什么形状，妻子指着月牙说："和月亮形状一样。"丈夫卖完货物，突然想起妻子的话，便抬头看月亮，当时月亮正圆，于是按照月亮的样子买了一面镜子带回来。妻子拿起镜子一看大骂道："梳子不买，为何反倒娶了一个小老婆？"夫妻争吵不休，母亲过来劝解，突然见到镜子，照后说："我儿有心花钱讨小老婆，为何讨个老太婆？"三人互相埋怨告到官府。当官的派衙役去捉拿到案，衙役见到镜子，惊慌说："才出来去捉人，为何又派人来捉我？"等到审案时，衙役把镜子放在案桌上，当官的照见大怒说："夫妻不和之事，何必请地方官来说情。"

谢 赏

【原文】

　　一官坐堂,偶撒一屁,自说"爽利"二字。众吏不知。误听以为赏吏,冀得欢心,争跪禀曰:"谢老爷赏!"

【译文】

　　一官坐堂,偶然放了一屁,自言自语说了"爽利"二字。众差役不晓得,误听以为"赏吏",极为欢喜,争相跪下喊道:"谢老爷赏赐!"

不 识 货

【原文】

　　有徽人开典而不识货者,一人以单皮鼓一面来当。喝云:"皮锣一面,当银五分。"有以笙来当者,云:"斑竹酒壶一把,当银三分。"有当笛者,云:"丝缉火筒一根,当银一分。"后有持了马片来当者,喝云:"虎狸斑汗巾一条。当银一分。"小郎曰:"这物要他何用?"答云:"若还不赎,留他抹抹嘴也好。"

【译文】

　　有个安徽人开当铺,但不识货。有个人拿一面单皮鼓来当,老板喝道:"皮器一面,当银五分。"又有一个拿笙来当,老板喊道:"斑竹酒壶一把,当银三分。"有个人拿笛子来当,老板喊:"丝缉火筒一根,当银一分。"后来一个人拿了一条合房用的手巾来当,老板喊道:"虎狸斑汗巾一条,当银一分。"小伙计说:"这东西要它干什么?"老板回答道:"如不赎回,留下它抹抹嘴也好。"

外 太 公

【原文】

有教小儿,以"大"字者,次日写"太"字问之。儿仍曰:"大字。"因教之曰:"中多一点,乃太公的太字也。"明日写"犬"字问之,儿曰:"太公的太字。"师曰:"今番点在外,如何还是太字?"儿即应曰:"这样说,便是外太公了。"

【译文】

老师教学生认字,先教"大"字,第二天写一个"太"字相问,学生仍念"大"字。接着老师教学生说:"大字里边多一点,是太公的'太'字。"又过了一天,老师写"犬"字相问,学生说:"太公的'太'字。"老师说:"现在点在外,怎么还是'太'字?"学生接口说:"这样说,便是外太公了。"

床 榻

【原文】

有卖床榻者一日夫出,命妇守店。一人来买床,价少,银水又低,争值良久,勉强售之。次日,复来买榻,妇曰:"这人不知好歹,昨日床上讨尽我的便宜,今日榻上又想要讨我的便宜了。"

【译文】

有户人家卖床、榻(狭长而较矮的床)。有一天,丈夫外出,让妻子看守店铺。一人来买床,出价很少,讨价很久,店妇勉强卖给了他。第二天,那人又来买榻。店妇说:"这人实在不知好歹,昨天在床上讨尽我的便宜,今日在榻上又想讨我的便宜了!"

出　丑

【原文】

有屠牛者,过宰猪者之家,其子欲讳宰猪二字,回云:"家尊出亥去了。"屠牛者归,对子述之,称赞不已,子亦领悟。次日屠猪者至,其子亦回云:"家父往外出丑去了。"问:"几时归?"答曰:"出尽丑自然回来了。"

【译文】

宰牛人经过一宰猪人家,问主人在家吗?其儿子想要避讳宰猪二字,便回答说:"父亲出亥(杀猪)去了。"宰牛人回到家里,对儿子讲述宰猪人儿子所说的话,称赞不已。儿子领悟,第二天宰猪人来了,其儿子也回答说:"家父往外出丑(杀牛)去了。"宰猪人问:"什么时候回来?"儿子回答说:"出尽丑自然就回来了。"

整 嫂 裙

【原文】

一嫂前行,而裙夹于臀缝内者,叔从后拽整之。嫂顾见,疑其调戏也,遂大怒。叔躬身曰:"嫂嫂请息怒,待愚叔依旧与你塞进去,你再夹紧何如?"

【译文】

嫂子走在前面,裙子夹在屁股沟里,小叔子从后把裙子拽出来。嫂子回头一看,以为是小叔子调戏她,十分恼怒。小叔子躬身说:"嫂嫂请息怒,待我仍照旧给你塞进去,你再夹紧怎么样。"

戏 嫂 臂

【原文】

兄患病献神,嫂收祭物,叔将嫂臂暗捏一把。嫂怒云:"看你肥肉吃得几块?"兄在床上听见,叫声:"兄弟没正经,你嫂嫂要留来结识人头的,大家省口出客罢。"

【译文】

哥哥患病打算祭神,嫂子拾掇祭物,小叔子将嫂子的胳膊偷偷地捏了一把。嫂子恼怒说:"看你能吃几块肥肉!"哥哥在床上听见,叫道:"兄弟太没正事,你嫂子要留下招待客人的,家里人省点吃吧!"

利 市

【原文】

一人元旦出门云:"头一日必得利市方妙。"遂于桌上写一"吉"字。不意连走数家,求一茶不得。将"吉"字倒看良久曰:"原来写了'口干'字,自然没得吃了。"再顺看曰:"吾论来,竟该有'十一'家替我润口。"

【译文】

有个人元旦出门说:"头一天出门必得吉利才好。"于是在桌上写一个"吉"字。不想连走数家,连一杯茶水都没喝到。那人回到家里将"吉"字倒看了一会说:"原来写了'口干'二字,自然没有吃的。"接着又顺着看说:"论理,应该有'十一'家替我润口。"

官　话

【原文】

有兄弟经商，学得一二官话。将到家，兄往隔河出恭，命弟先往见其父。父曰："汝兄何在？"弟曰："撒尿。"父惊曰："在何处杀死的？"答曰："河南。"父方悲恸而兄已至，父遂骂其次子，何得妄言如是。曰："我自答官话耳。"父曰："这样官话，只好吓你亲爷罢了。"

【译文】

有兄弟俩外出经商，学得一两句官话。归来快到家时，哥哥到江南岸大便，让弟弟先回去见父亲。父亲说："你哥在哪里？"弟说："撒尿。"父亲十分惊恐，说："在哪里杀死的？"弟弟回答说："河南。"父亲悲痛大哭，正在这时哥哥回来了，父亲于是大骂小儿子："为何说如此假话？"小儿子说："我说的是官话。"父亲说："这样的官话，只能吓你亲爹罢了。"